U0002847

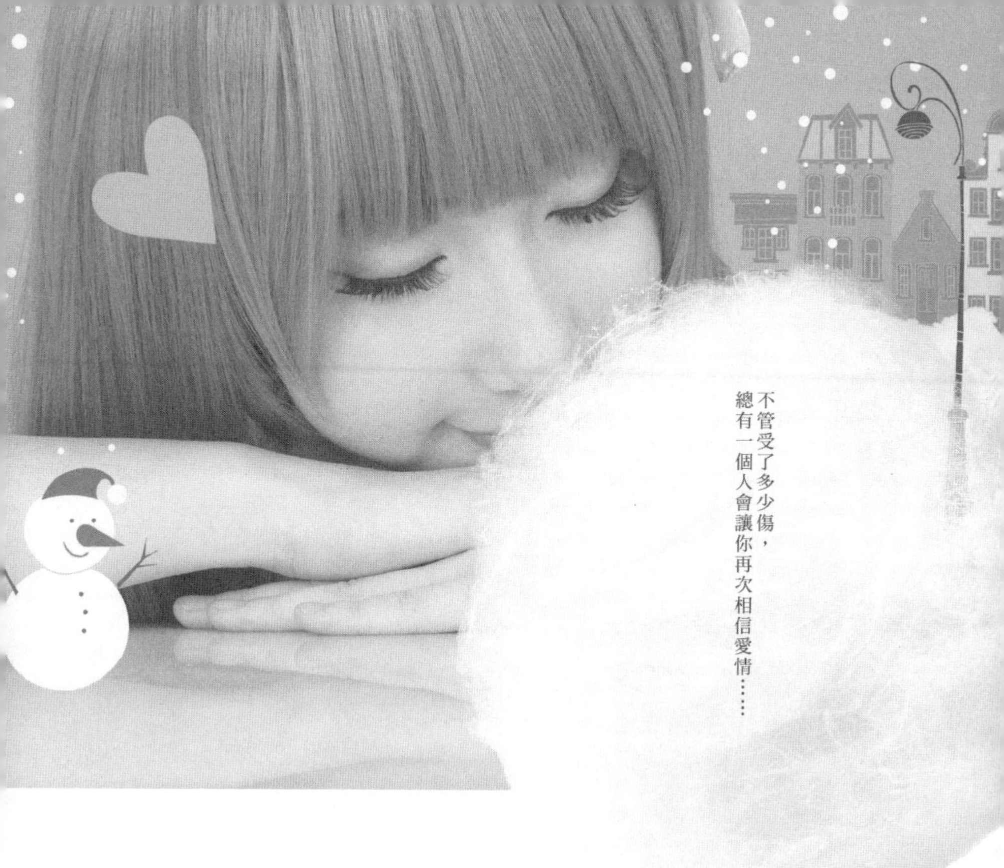
不管受了多少傷，
總有一個人會讓你再次相信愛情……

棉花糖童話

如晨間微微的雲淡風輕，
在一抹颯爽微笑中帶來春光。
嘴角似上弦月，
眼神漾起來像是永遠的好心情。
彷彿柴犬般天生一副笑起來甜甜的，
你說那就是你喜歡的，棉花糖般的我。

關於大學，依稀還記得是高三那年，在四樓邊角望得見夏天茂密青翠樹梢風景的教室裡，話是我爸說的，他奉勸班上的同學，說大學生別光只顧著玩，更重要的，是要鍛鍊自我的自制能力，在沒有他人約束的生活中，人得學著控制自己。

我爸之所以會在教室講這些，是因為他是我們學校的老師，教英文。原本班上的英文老師另有其人，我爸負責的是二年級的英文課，偏偏那陣子本班的英文老師車禍休養去了，學校一時間安排不出適當的接手人選，才讓他有過來暫代幾堂課，對著我們班同學苦口婆心嘮叨個沒完的機會。

那陣子，我很努力想隱瞞「我爸是老師」的事實，以免同學覺得他給分數太偏心，但後來事實證明這顧慮完全是多餘的，因為他來代課的兩個月內，我的英文從沒有及格過。那段期間，每個英文單字突然都變成無法辨認的蟲蟲，到處歪七扭八地鑽來鑽去，像顯微鏡底下的變形蟲一樣噁心討厭又令人畏懼……

對不起，岔題了。

再回來說我爸吧。那一年他所留給我的最深刻印象，除了把我高三的英文當掉，害老娘淪落到必須補考的處境之外，還有就是在課堂上，耳提面命許多關於上大學之後應該怎樣怎樣的勉勵之辭。他在講那些話時，眼睛總不時往我這邊瞄過來，顯然是在意有所指地暗示我。

他其實一點也不懂自己的女兒。他太老派了，明明教的是英文，應該充滿開明、現代與民主的西方思維才對，但他沒有，他骨子裡是道地的儒家思想。他說我們學那麼多外國人進步的東西，追根究底，其實是為了見賢思齊、自強不息。自強不息？我聽到這四個字時，彷彿看到前額剃光、後腦勺拖條辮子，正要踢出無影腳的霍元甲。

我把這話告訴我哥，他說：「媽的無影腳是黃飛鴻的武功才對。」

是黃飛鴻或霍元甲並不是重點，重點是那些都是假的。特別上網去搜尋過，世界上根本沒有「無影腳」這種功夫；換言之，人不會不長翅膀就在天上飛，那也意味著我哥後來說的根本是胡說八道，他說：「那是妳這種死胖子一輩子都練不起來的功夫。」

死胖子？一聽到這三個字，我決定日後等我獲得編寫咱們周家祖譜的編輯權時，先把他的名字給排除在外。他又抽菸又喝酒，還一天到晚在房間打手槍，身子骨看來很虛弱，想必活不了太久。小主問我怎麼知道我哥愛打手槍，我說他把謎片開得那麼大聲，聽到我都能學會那幾句日文了，誰不曉得他在幹嘛。

「妳哥好噁心。」小主皺起臉來。

「噁心到爆炸。」我點點頭。

雖然我爸跟我哥活在一個跟我平行的時空裡，大家只能偶爾交流一下，迸出的永遠都是低能無腦的火花，完全不值得談論，但託他們的福，在這些人的指示下，我好歹考上了一個「理想」的科系。

所謂的理想是他們的理想。因為我爸說了，他在喝多洋墨水後，固有文化要留到我這一輩來發揚；至於我哥則比較了解我，他一眼就看出我的優缺長短，說：「把使用英文字母跟阿拉伯數字的科系都扣除後，我看大概也就只剩中文系能讓妳平安讀完四年了。」

於是我來到大學，展開了還算有趣的新人生。學校離家不太遠，更重要的是，我最要好的朋友也近在咫尺。在宏偉的文學院建築，我就讀的中文系在二樓，而小主則在三樓的英文系。

而愉快的結束了大一新生的宿舍生活後，即使大二搬出宿舍，我們也依舊是相隔只有一堵牆的好鄰居。

大二開學後，待系學會的迎新活動結束，身為免費勞工的我收拾了狼藉的杯盤，把用完的道具丟回系辦倉庫，接著又和一群男生合力將桌椅都扛回教室去，最後把茶會剩下的餐點都整理好，湊出一盒看來就像是全新未動過的蛋糕跟小餅乾，匆匆忙忙地帶到圖書館外的小涼亭。

「這一看就是活動吃剩的吧？」

「是沒錯啦，可是我把它擺得很好耶，一點都看不出來是剩下的。」我搔搔頭。

小主說她才不要吃這些剩下的點心，一來不衛生，也不知道別人有沒有用手摸過，二來是既然大家都不挑這些吃，表示一定是難吃的口味，吃下去跟踩到地雷有啥差別？她從錢包裡取出一張五百元鈔票，決定今天的下午茶要點靜岡綠茶跟蜂蜜蛋糕，另外還要一顆茶葉蛋與半根起司熱狗。

「上次妳說洋芋沙拉很好吃，要不要順便來一碗？」我想起來。

「那倒不用。」她大手一揮，「快去吧，哀家正渴著呢。」

我不敢怠慢，小跑步往圖書館後面的便利商店過去。太陽有點大，晒起來連皮膚都微微刺痛，但那也沒辦法，就算盡量靠著牆角行動，可是那點微薄的建築陰影根本遮不住我的身子。匆忙而去，又匆忙趕回，手上一袋食物連著零錢都遞交回去。確認東西無誤都買對了之後，小主跟我一起吃了起來。按照慣例，她點單付錢，我跑腿採買，依照她的清單一式兩份。這個模式已經維持了好多年，從我們高中同班開始，到讀大學了也依然沒變。

但奇怪的是，我們吃的東西都一樣，她是天生的纖細身材，永遠維持在二十四腰，而我卻跟吹氣球一樣，一天比一天還要膨脹。

說真的，那個靜岡綠茶有夠難喝，一點甜味都沒有，蜂蜜蛋糕也不怎麼可口，啃起來居然有點苦味，簡直像在吃土。小主吃得津津有味，我卻難過得要命。不過那也沒辦法了，肚子正餓，再難吃我也狼吞虎嚥都吞進肚子裡。

「這個妳真的不要吃嗎？」我指指那一盒從迎新茶會裡幹來的點心。

「賞妳的，吃吧。」小主顯然看透了我目光裡的渴望，搖頭說：「注意身材哪，阿胖。」

聳個肩，我說事已至此，多想無益，還是填飽肚子比較實際點。

其實那盒點心也沒有很糟，雖然不管形狀或顏色，吃起來都只有一種甜味，但總好過苦苦的蛋糕跟難喝的綠茶。吃完下午茶後，我幫她把幾本已經用不到的原文書都先扛回宿舍。反正下午沒課，又是一個非常適合睡午覺的天氣，沒道理我還在外頭流連；但可憐的小主今天還得一路上到下午五點才能解脫。聽她說起英國文學，那些名字都很拗口，我半點興趣也沒有。

回到宿舍，我先拿小主寄放的備用鑰匙，打開她的房門，把她的書全都放好，然後踱回自己的豬窩。說我的房間是豬窩一點也不為過，滿床凌亂的棉被、枕頭都擠成一團，鼓鼓的被窩裡還裹著每天晚上不抱著就睡不著覺的河馬布娃娃。

我把地板上那幾件衣服踢到角落去時，心裡有點不安，但想想，彎腰撿東西也是挺麻煩的一件事，在外頭幫忙收拾系上活動的道具已經夠累的了，回家還弄這些幹嘛？反正也還不到要洗衣服的時候，那就讓它們在牆角多待幾天好了。

我開了冷氣，從冰箱拿出昨天沒喝完的珍珠奶茶，半躺在床上，一邊咀嚼著已經變硬的珍珠，一邊翻起擱在床邊的小說，隨便看了幾頁，原本以為睡意很快就會來臨，但等著等著卻始終沒能等到。百無聊賴中，我把小說又丟到一邊，伸長手去按開電腦，在等它完成開機動作的一分鐘裡，勉強自己爬下了床，坐在那張我心愛的大椅墊上。

充滿搖滾風的相川七瀨率先唱了起來，幾首快歌一過，跟著是中島美嘉厚實的唱腔，「NANA」的劇情隨著音樂在腦海浮現的當下，我也忍不住跟著唱了。儘管不懂日文，但那有什麼關係呢？我看那些愛聽外語歌的人，也沒幾個是真的聽得懂吧？反正睡不著，下午又閒得無聊，我打開放音樂檔案的資料夾，一連串全都是輕快或激昂的歌曲，管他是唱哪一國的語言，一路大聲播放下去就對了。

房門一關，我就是這個世界的女王，女王驕傲睥睨地站在世界的正中央，各色燈光瞬間切換投射，我忍不住要叫他們來點尖叫聲。啊，膜拜我吧！在我澎湃洶湧的音樂聲中，你們就為我傾倒、為我吶喊，跟著一起舞動吧！不知何時，我把手中的滑鼠丟開，站起身來，椅墊踢到一邊去，掌心倒握著大梳子，就像握著一支可以將歌聲散播到全世界的麥克風。我嘶喊、我甩頭，細心呵護保養得非常柔順的長長髮絲，隨節拍開始潑灑，甩出一個又一個黑色的圓。我在幾首重低音強烈的舞曲中，隨著節奏狂野扭動起來，也不管到底是什麼舞步，只要開心就好。

其實也沒跳多久，大概只有幾首歌的時間，我已經氣喘吁吁，手腳好像都快斷了一樣，耳膜感覺彷彿要被震破了。我喘著氣，伸手擦著怎麼也擦不乾的汗水。簡直就像水龍頭壞掉一樣哪，我這樣想著。扭轉喇叭的音量旋鈕，等聲音降低後才赫然驚覺，原來門外一直有人在敲門，敲擊聲充滿暴力感，彷彿門外等著的是一隻狂惡的野獸。

難怪我總覺得音樂聲中好像有個錯拍的砰砰聲，還以為是特殊音效呢。敲那麼用力是怎樣，你家失火了嗎？老娘可沒有滅火器可以借你喔！

「幹，妳這個死胖子，妳想發瘋就到外面去，不要害死我們！」門外是一個我不認識的男生，看起來挺帥的，只穿著黑色背心跟短褲，露出的都是健壯的肌肉。不過他一點也不和善，正目露凶光地瞪著我，手中居然捧著一碗泡麵。

「我……」我很想問他，我到底怎麼了嗎？也不過就是音樂放得稍微大聲了點，有這麼嚴重嗎？本來我打算要吵架就奉陪到底的，但見他長得好看，當下火氣立刻消了，好聲好氣地問：「怎麼了，我吵到你了嗎？」

「妳他媽的很吵也就算了，但是妳跳什麼跳！幹，弄得跟地震一樣，天花板的灰塵都掉下來了！」他把那碗泡麵遞上來，果然麵湯裡真的漂浮著很多灰灰白白的粉塵，還有一隻快被淹死的小蜘蛛在碗裡掙扎。可是說真的，我覺得味道還挺香的。

「對不起。」沒想到居然會發生這種事，這棟樓有那麼脆弱嗎？我決定先道歉，頭低得不能再低，語氣滿是謙卑。

那男生大概也懶得跟我計較，哼了一聲後就打算轉身離開，而就在那當下，我抬起頭來叫住他。

「幹嘛？」

「不好意思，可以請問一下嗎？」我很想壓抑住這種渴望，可是實在太困難了，我忍不住、忍不住，真的忍不住，雖然有點不好意思，但還是問出口了，「你那個……那個……請問你那是哪一牌的泡麵？」

我是周阿胖，但我不是胖，只是身心都寬了點。

02

儘管現在的生活無比自由，但我有時會忍不住懷念去年還是大一新生時的日子。會有這種感慨，一開始是因為高嘉郥在臉書上加我好友，傳來問候的訊息所致。

回憶當時住學校宿舍，雖然有門禁、有室友，一切都得配合規定，做什麼都要考慮到其他人，但那種生活還挺熱鬧的，幾乎沒有像現在這樣無聊的時刻。

而與我同寢的小主，嬌生慣養的生活模式可以說是渾然天成，舉手投足總讓人忍不住要小心地讓著、呵護著。不只是我，連另外兩位室友也一樣。我們讓她選了她想要的床位，挑了書桌，挑剩下的才由我們抽籤決定。四人一間的寢室，空間非常狹窄，但我們還是把靠牆矮櫃子的最上方，騰讓出來給小主當梳妝台。

說起來那宿舍也真是鳥得要死，夏天又悶又熱，好不容易盼來期待已久的冬季，沒想到我們四個人差點凍死在屋裡。要不是小主買了台暖風扇，興許哪天寒流一來，我們就凍成了一具又一具的屍體……

噢，又岔題了，我本來是要談談高嘉郥的。

第一次見面時，他跟負責女宿管理的學姊一起來敲我們寢室的門，嘴裡還嚷著問有沒有人在？乍聽一個男人的聲音，小主她們嚇了一跳，趕緊先把衣服穿整齊。而坐在最靠門邊的我，當然身兼應門小妹的重責大任。門開時，我看到他站在學姊身邊，胸口配戴一張顯眼的名牌。先跟學姊點頭招呼後，我對著那張名牌，唸出他的名字。

我說：「你好，高嘉員先生。」

他不置可否，問我哪個系的？我說我是中文系。

「沒什麼好考慮的了，我建議妳還是快點轉系吧。」他哼了一聲，說他最後一個字讀音同雲，他叫做高嘉鄖，不是高嘉員。

老實講，我不覺得這跟我念中文系有任何關係，如果全世界都管他叫高嘉員，還要強調那個字的正確讀音未免過於多餘。但他不理會我的見解，強調著說，別系的學生可以唸錯，但中文系就是不行。

「哎呀，隨便啦。」我上下打量他幾眼，又問他，「倒是我有個疑惑，想請教一下……高先生，這兒應該是女生宿舍沒錯吧？你一個大男人出現在這裡要幹嘛？」

「妳看名牌都只看一半的，看了名字卻不看職銜嗎？」他沒好氣地揚了揚手中的網路線，又指指名牌，我這才注意到，上面寫著「宿網維修管理員」。

「噢，你是修線路的工人？」

「說話客氣點，妳要尊稱我一聲『宿網經理』才行，起碼大家都是這樣稱呼我的。」白我一眼，高嘉郥說他早就接到報修通知，但剛開學不久，因為閒置一個暑假，宿舍網路線有問題的寢室實在太多了，幾乎忙不過來，拖到今天才輪到我們這間。我納悶著，回頭對上小主她們一樣疑惑的目光，大家都說自己沒有提報修申請。

想了又想，最後我才猛然驚覺，其實報修的人就是我。因為前兩天下午，我要上傳一個作業檔案，試了幾次電腦都顯示無法連線，後來只好跟小主借用筆電搞定。當天傍晚買便當時，我路過宿舍門口，隨口跟管理門禁的學姊抱怨幾句，而她非常好心，替我填好了報修單。我只記得自己在單子上簽名，卻忘了是為何而簽。

「學妹呀，妳這網路一點問題都沒有耶。」高嘉郥彎腰檢查半天，又拿出他自己帶來的小筆電測試，他說一切都很正常，還問我這兩天有沒有用過電腦。

「我是沒開機測試啦，但網路不可能沒問題呀，你到底有沒有認真檢查？」我義正詞嚴地強調，說老娘的電腦可沒壞。

「是嗎？」他冷笑一聲，把我擱在書桌下的電腦主機稍微挪出來一點，手一指，要我自己看個清楚。我跟著爬下去瞧，這才發現，原來我那主機後面不知何時早已卡滿蜘蛛網跟灰塵，與網路線連接的插孔都被灰塵給淹沒了，顯然已經鬆脫。整個主機背後看起來就像一部拼裝的老爺車，而且還是幾百年沒人開過的那種模樣。

我咋舌不已，而高嘉郎搖頭嘆氣，跟我們要了一塊抹布，稍微擦拭一下後，又從他自己的工具袋裡掏出一把螺絲起子，將主機上那些鬆脫的部分全都旋緊，最後再把網路線接頭又插回去。

「賭二十萬，妳現在開機，保證可以上網。」他說。

「萬一不行呢？」我不服氣地放話，「萬一還是不行，你就準備跟我的電腦磕頭認錯吧。」

那天，電腦開機測試過後，我無奈地寫下一張欠據。高嘉郎說他自從大一下學期開始在女生宿舍擔任宿網經理，至今才過半年，已經從不同寢室的不同女生身上，蒐集到起碼二十張這類欠據。

我們在宿舍裡總有吃不完的零食、有看不完的盜版電影，尤其是晚上十二點一過，寢室熄燈之後，就會開演小主最愛的恐怖鬼片。我們四個人一起縮在床上，總能看到凌晨兩三點，而散場之後，大家還得輪流陪膽小的她去上廁所。

跟高嘉郎有關的另一個印象，就發生在那樣一個深夜裡。大家看完鬼片，小主又尿急，我們手牽著手進廁所。隔著門板，我還得一直陪她聊天，她才能安心。但不知道為什麼，可能喝了太多水，她在洗手間裡待的時間特別長，而好死不死的，話說到一半時，原本燈光明亮的廁所忽然停電，眼前陷入一片漆黑，小主在門裡頭，我在門外面，兩個人一起放聲尖叫，叫得聲嘶力竭，叫得驚天動地，差點把喉嚨都叫破時，燈光忽然又大亮，跟著是一陣紊亂的跑步聲。

「他媽的跳個電而已，是要叫成什麼德行！」女舍監是個經常被懷疑男扮女裝的壯碩女漢子，見狀大聲斥喝。

「沒事了，沒事了，不要怕。」溫言撫慰我們的是這一層的管理學姊。她扶著差點癱倒在地的我，也攙住了好不容易才恢復鎮定，可以穿好褲子，自行開門的小主。

「我要是鬼的話，也被妳們兩個的叫聲嚇跑了。」像在看一幅慘不忍睹的畫面般，同樣聽到淒厲的慘呼聲，趕緊從隔壁男宿跑過來支援的高嘉郎搖頭嘆氣。他手上還抓著一支球棒，顯然是要用來對付入侵女宿的色狼。

我是從那時候開始認識高嘉郎的，但我們並不算非常熟。不過他只穿一條短褲，上身打著赤膊，手拎球棒的樣子還真是帥氣好看，那模樣一直深烙在我腦海中。廁所驚魂事件後不久，我們開始比較常碰面，但與其說是常碰面，其實是因為我注意到了，白天的時物存在。

段，他往往會融在幾個場景中，就像一幅本以為是空景的畫作，忽然被人注意到裡面有人

他經常在女宿門口邊的小房間忙東忙西。那僅能旋身的小空間裡，牆上滿是一個又一個箱子，箱子上有無數排列整齊的插孔，每個插孔都插滿五顏六色的電線。他總是滿頭大汗地在那兒檢查線路。有時候我們則在男宿門口看到他，他待在警衛室裡，在那個根本沒有任何門禁與管理，老是傳出陣陣汗臭的門口，跟幾個男生聊天。

我跟小主她們一起進出，偶爾遇到高嘉郞總會打打招呼，但鮮少交談。小主不怎麼喜歡他，因此我也跟著對他不抱太多好感，原因很簡單，我們在廁所發生的那件事真的太丟臉了，而他是唯一看到我們那副醜態的男人。對他視而不見，是小主最大限度所能做到的報復，但我在想，如果可以的話，她一定很想殺了他滅口才對。

「妳們寢室那個『糖果女孩』睡著沒？」廁所事件後不久，有一天晚上，門禁時間已經過了，牆上懸掛的電話忽然響起。我納悶地接了起來，自報姓名後，高嘉郞說：「知道我說誰吧？臉圓圓的，頭上老是綁著一個紅色蝴蝶結的那個女生呀。」

「還沒呀，要幹嘛？」我站在門邊，點了點頭後才想起，這是在講電話，高嘉郞哪看得到我點頭。側眼一瞥，糖果正窩在小主的桌邊，她們正一起玩撲克牌。幾場大老二的廝

殺下來，糖果今晚輸了不少錢。

高嘉郿嘿嘿一笑，他說男宿的門禁管理員中，有一個是資管系二年級的傢伙，一直對糖果很有興趣，今晚終於鼓起勇氣，但又不敢直接開口邀約，所以由他代勞。他問我們想不想一起去後山夜遊？

「後你個頭。」我說房間的木門很簡單，喇叭鎖一轉就能開門走出去，但樓下還有舍監在那兒，想過她那一關，沒派鋼鐵人或浩克過來處理的話，誰都別想越雷池一步。

「只要妳們願意，我可以保證，十分鐘後我們會站在操場旁邊，在後山的入口處集合，而且附帶飲料跟零食。」高嘉郿賊兮兮地笑著說：「信不信，我們賭二十萬？」

我原本不是賭徒，卻在不覺間因你而輸了一生的全部。

03

那天晚上我輸了生命中第二個二十萬。

糖果對男生的邀約不感興趣，小主也不想見到高嘉郎，但我們誰都不相信女生宿舍裡竟有一條只有高嘉郎才知道的脫逃密道。更重要的是，今晚無聊得很，如果能出去溜一溜，感覺也是件不錯的事。

我們依照高嘉郎的指示，躡手躡腳地沿逃生梯走下去，從垃圾子母車旁邊過來，果然看到一扇低矮的小門。木門沒有上鎖，推開後看到一堆電信設備，也看到旁邊的小氣窗——而它是敞開的。從那氣窗攀出去，居然就到了宿舍外面的花圃邊。這花圃被一排樹木所包圍，從外面根本看不出來裡面還有氣窗的存在。我們竊竊私語，想來這種祕密通道大概也只有擔任宿網維修管理員的高嘉郎會知道。

那個想追糖果的男生，高嘉郎介紹時說他叫做小凱。原來我們也都在男宿門口見過他，因此還算有些印象。小凱的個子並不算高，但皮膚黝黑，在陰暗的路燈下整個人簡直就快隱形了，要是隔得再遠些，搞不好會錯覺只剩他身上那件白色上衣在半空飄浮。小主說這未免太嚇人了點。

糖果對小凱不怎麼有興趣，真正吸引她的是「後山夜遊」這四個字。我偷偷跟高嘉郎說，這下他可真是賠了夫人又折兵，既洩漏了祕密通道的存在，又不能幫朋友順利告白，簡直失敗透頂，但他居然一副無所謂的樣子，跟我說反正他至少贏了二十萬。

「二你個頭。」我哼了一聲。

學校後山長什麼樣，其實我們幾個女生從來沒見過，但住宿舍的這段時間，曾偶爾聽學姊們聊起，大家都說那是個看夜景或流星雨的好去處，只是路徑繁雜，最好有熟門熟路的人來帶領，否則大半夜的，有可能會迷路。這時我們把指引方向的重責大任交給高嘉郎，而他握著手電筒，從操場邊的小徑出發，很快就走進樹林裡，沿著平緩的山坡上行，看來倒也十分可靠。

我們一行七八個人，有一搭沒一搭地閒聊。這條路雖然沒有鋪上柏油，但也平坦好走，而且每隔一點距離就有路燈，根本沒有絲毫恐怖感覺。高嘉郎說這條路可以直接通往後山的產業道路，那邊是地方居民經營的果園，不算是校產了。不過他最遠也只到過果園邊，再下去的路徑他就不清楚了。

約莫花了半小時左右，我們走到他說的那條產業道路，為了避免迷途，這兒也就是今晚的終點站了。在果園邊的小廟歇腳，沒有去參拜，我們只在廟旁的大樹下休息。蟬聲嘈雜，四野裡一片喧囂，很可惜的是我們沒看到繽紛夜景，也許好風景不在這個地方，只是誰也懶得再摸索下去了。

除了高嘉郿跟小凱，同行的還有另外一個男生，聊天時我知道他叫「星爺」，而星爺也不辜負這個綽號，他笑起來跟周星馳的國語配音員那種誇張的聲調還真的有夠像。

在那座破敗又陰暗的小廟旁坐下，星爺興致一來就說了七八個鬼故事，讓既愛聽又膽小的小主瑟縮不已，至於小凱則忙著跟糖果套交情。我們這一寢的四個女生，只剩我跟另一個叫做「豬豬」的女孩忙著解決那一袋零食。

「妳們根本是為了吃東西才來的吧？」高嘉郿問我們倆。

「不然呢？」我反問。

「人家講故事講得口沫橫飛，妳們完全不肯配合著入戲也就算了，那邊小凱已經沒招了，只能跟哈巴狗一樣搖尾巴，妳們也不想辦法幫幫他。」

「那鬼故事又不恐怖，而且土地公就在這裡，正氣凜然還有啥好怕的？」身材跟我有得拚的豬豬拿了厚厚一疊的洋芋片塞進嘴裡，一邊咀嚼一邊說。

「小凱沒希望了啦，神仙難救無命客。」我啃著餅乾如此結論。

炎炎夏日的夜晚，很可惜沒能看到螢火蟲。我們在晚風中享受著情境與氛圍都很特別的夜間野餐，零食很快就被吃光。高嘉郎對這種場面束手無策，眼見星爺的故事講完，唯一一個沉迷其中的聽眾依然只有小主，連他都覺得累了，正想找飲料時，才發現所有東西早已被我跟豬豬解決殆盡。

「學妹……」

「我叫周阿胖。」

「妳還真是不辜負這個綽號呀。」

高嘉郎苦笑著問我，會不會覺得東西不夠吃？而我告訴他，如果可以的話，確實很希望眼前出現一台餐車，如果有賣熱狗大亨堡或炒麵、水餃之類的就更完美了。

「荒山野嶺的，如果真有一台那樣的餐車出現，只怕妳把食物買回去，到了明天早上熱狗、水餃全都變成蚯蚓或死老鼠了。鬼才來這裡擺餐車呢。」

「放心，我會現場吃完，不會外帶。」我哼了一聲。

一邊抬槓著，高嘉郎心念一動，他說一群人出來玩還挺有趣的，要不要乾脆擴大舉辦，來弄一次男女宿舍的聯誼活動？我跟豬豬不置可否，正看著他在那兒自顧自地擘畫一個又一個想像中的點子時，旁邊的小主忽然覺得尿急。

我們面面相覷，這種地方哪來廁所？眾人紛紛討論著就地解決跟立刻折返的兩派意見時，星爺自告奮勇說要到小廟後面去看看有沒有隱密空間，但才不到幾秒鐘時間，剛剛講鬼故事時還從容不迫、非常泰然的他，忽然有如看到鬼一樣，幾乎是爬著回來，臉色慘白，張大著嘴，往廟後頭不斷地指著。

當下我們都隱隱覺得有些不妙，可是誰也不敢過去一探究竟，最後還是小凱跟高嘉郎兩個壯漢鼓起勇氣，可是他們也只敢在廟旁稍微探頭。小凱往廟後的窗戶只看了一眼，立刻拉著高嘉郎逃了回來，叫我們趕快離開。

「為什麼？」我還在掏摸已經吃空的洋芋片袋子，想把裡面的碎片清乾淨。

「媽的這哪裡是什麼土地公廟！根本是萬善祠吧？後面有個小房間，裡面擱著好大一個骨灰罈！」小凱驚慌地嚷著，拉著大家就要逃。

我們那瞬間也全都傻了，一群人哄然逃散，沿著原路跑回去。驚慌奔逃中我一手拉著小主，另一手則讓高嘉郎扯著，另一組是小凱跟糖果串在一起，而星爺牽著豬豬，大夥這時候再也顧不得誰對誰有沒有興趣，風聲鶴唳之下，剛剛那些不恐怖的鬼故事，現在彷彿所有場景都一一呼應，四面八方的樹林影子都像鬼魅亂舞，嚇得我們頭也不敢回地只能拚命往前跑。

不若出發時的悠哉漫步，我們大概只花了十分鐘不到就逃回學校操場，但也就在照明燈朗朗映光，終於讓人可以稍微喘口氣時，高嘉鄖卻開口了。

他說大家跑得那麼急，廟旁的垃圾完全忘了收，如果被那些好兄弟們看到了，會不會生氣地找上我們？

「你想回去收拾的話，我們沒有人會阻攔你。」我說。

「都這麼晚了，好兄弟應該都睡了吧？」豬豬也附和。

「那種廟不會裝監視器，應該不會拍到我們吧？」糖果驚魂未定。

「我想上洗手間……」小主幾乎快要站不住，兩腿夾得很緊。

那真是一個兩難的抉擇點，星爺跟小凱當然也不想回去收拾垃圾，可是高嘉鄖這人平常看起來不是多麼高尚有品德的樣子，偏偏這當下卻道德心爆表，居然義正詞嚴地告訴我們，說天地良心，有沒有裝監視器、好兄弟睡了沒都不是重點，重點是我們把環境弄亂，不收拾實在對不起良心。

迫不得已，我們只好任他去。但鼓起勇氣，才走不了兩步，他的正義感立刻就薄弱了起來，居然回頭問我們，「欸，你們真的這麼不講義氣嗎？」然後指著我又說：「那個欠我四十萬的，剛剛東西妳吃得最多，現在卻想裝死是不是？妳好歹摸摸自己的良心吧？」

雖然我不知道收拾垃圾跟欠了四十萬之間有個屁關係，也不認為欠債的人就非得有什麼良心不可。欠債的人要是有良心，他們早就還錢了不是？但那瞬間我陷入天人交戰。垃圾丟著不管，就算隔天會有果園的農夫去清理，但我也覺得非常不妥……可是那兒有骨灰罈耶！要是我跟著回去收拾了，卻發現一堆孤魂野鬼正拿著掃把在廟前打掃環境，豈不是恐怖到了極點？

「怎麼樣，一句話，」高嘉郎雙眼有神，操場旁的燈光下，映出他半張側臉，交雜著堅定跟惶恐的眼神，他問：「要不要跟我走？」

每個「要不要一起走」，都是一種唯衝動能決定的選擇。

04

如果可以重選一次的話，我的意志還會不會這麼堅定呢？

又一次往小廟的方向走，已經沒有先前一趟走來時那種悠閒的感覺了。早先過來時，我們抬頭隱約可從樹影間望見高懸的彎月，那時還覺得挺浪漫的，現在卻顯得陰鬱弔詭，再配上嶙峋詰屈的樹枝倒映，簡直就是西洋鬼片裡面吸血鬼在下一秒鐘就要出來「進補」的氣氛。

那時，面對高嘉郡的詢問，小主跑去操場邊的廁所解決生理需求，豬豬則是累得走不動了，糖果雖然很想一起來，但小凱卻反對，說是不願她涉險，但我們誰都看得出來，他只是自己不敢走這一趟，又想跟心儀的女生多聊幾句而已。

我看看星爺，他是唯一一個有可能陪伴高嘉郡同行的男生，然而那傢伙講鬼故事一流，真正置身在現實場景的時候，卻搖身一變就成了小孬孬，不但雙腿一直發抖，連牙齒都在打顫。

「怕什麼，走，我陪你去！」那時，我豪氣萬千地答應了高嘉郡。

「沒想到妳這麼有種，居然真的敢一起來。」走了大半段的路後，他說。

「要是你提早十分鐘說這句話，我就會告訴你我反悔了。」我無奈地回答。

夜愈深，好像天也愈暗。這條路本來有這麼長嗎？路燈的位置是不是變了？我記得剛剛來的時候還很亮呀，怎麼現在這麼暗呢？奇怪，這兒有個轉彎嗎？應該沒有才對吧？疑神疑鬼中，高嘉鄖忽然問我要不要聊聊天，起碼可以分散一下緊張情緒。

「好呀，聊什麼？」

「這個嘛……」他想了想，問我為什麼念中文系。

「因為只考得上這幾個科系，而最有把握能念畢業的，只有中文系呀。」

「所以妳並不是真的很喜歡讀中文系囉？」

「還可以啦。」我聳聳肩，目光直盯周遭，就怕忽然蹦出個鬼影，嚇得人屁滾尿流。

等了半晌，高嘉鄖一直沒有接話，他走在我旁邊，雖然沒有牽手，但我們靠得很近。

「欸！」我用手肘碰碰他，問他怎麼不繼續聊了。

「那……」他顯然也不知道該講什麼才好，支支吾吾了半天，又問我，「妳覺得小凱能追得到糖果嗎？」

「不可能啦。」我搖頭告訴他，糖果喜歡他們班上的一個男生，雖然一直沒有進展，但人家可是純純地暗戀著，不會接受小凱的。

「妳們都同班呀？」

「我跟豬豬同班，糖果是我隔壁班的，都同一屆。」我搖頭，「本來剛開學的時候，我們那一間寢室還有一個三年級的學姊，但是她沒來住，自己辦退宿了，位置空了下來。所以我去拜託舍監，把本來排在隔壁寢的小主挪過來。」

「小主不是中文系的？」

「她英文系的。」我點頭。

話題到這裡又中斷了，可是那條路好遠好遠，遠得像永遠走不完似的。兩個人沉默半晌，高嘉郎才又開口，這回他沒問我什麼問題，只說他念的是資工，從大一開始擔任宿網維修管理員以來，經常男女宿舍兩邊跑。起初他以為女宿應該充滿女孩子浪漫的氛圍，但後來才發現根本不是那麼一回事，照樣又髒又亂。

「至少不會比男宿還臭吧？」

「那倒是。」

好不容易才接上產業道路，遠處的小廟已經在望。這時我們不再開口說話，各自提高警覺，躡手躡腳地接近之後，高嘉郎叫我負責把風，監看周遭動靜，而他則彎下腰，抓起丟在地上的塑膠袋，開始把那些已經被晚風吹散的垃圾逐一往袋裡塞。

我認真盯著附近的動靜。大半夜裡根本沒人，這兒不比樹林裡鬼影幢幢，視線開闊許多，但望遠些就只是一片茫茫夜色，四下裡蟬鳴嘈雜，偶爾夾雜幾聲青蛙叫。我一邊把風盯哨，一邊催促著他，還好高嘉郎的動作很快，轉眼就把東西都收拾好，只是當我們正要離開時，他忽然想到什麼似的，問我想不想看得更仔細點。

「把什麼東西看仔細點？」我還沒會過意來，轉頭只見他視線直射那扇能窺見骨灰罈的小廟後方窗口。我直覺反應猛搖頭，還反手在他肩膀上用力打了一下。

「你是白癡嗎？」

「不是呀，雖然我也只來過這裡一次，但那次很平靜，根本沒發生什麼事。況且那麼多人來後山夜遊過，也沒聽誰遇到過鬼。」高嘉郎疑惑地說：「再說了，這兒怎麼看都不像是什麼萬善祠嘛。」他指指已經關起來的廟門。

老實說，我不知道萬善祠跟一般的寺廟到底有何差別，但我也沒有那麼濃烈的求知欲，我只想在他收拾完垃圾後，趕緊回去跟大家會合。

可是高嘉郎這時好奇心起，他說剛剛跟小凱過去查看時，自己並沒有親眼見到窗內的東西，到底是不是看走了眼誰也不曉得，萬一只是錯看，鬧得一整晚驚慌失措，豈不是顯得很蠢嗎？

「萬一沒看走眼呢？萬一你現在湊過去看，看到有鬼影子在裡面飄來飄去還跟你打招呼，那就比較聰明嗎？」

我拉拉他衣袖，想勸他打消念頭。然而高嘉郎不肯聽從。他把那袋垃圾交過來，吩咐我站在原地別亂動，只要三十秒就好，讓他去看個清楚。

我拗不過他，只好乖乖呆立廟旁，心裡七上八下，把所有認識的神明法號都默唸過一回，只求隨便哪個神來救苦救難一下。高嘉郎拿著手電筒，小心翼翼往廟後走去，慢慢挨近那扇不過尺許見方的小窗邊。他大概也很害怕吧，只是什麼都沒看見就被嚇了一整晚，難免心有不甘……人就是這麼賤，看別人摔跤還不過癮，非得自己也跌一次才會爽。我這樣想著，只見高嘉郎緩緩接近窗口，在要把手電筒的光線投射進去前，他還回頭望了我一眼。

你就看吧，反正誰也阻止不了你。我還能怎麼辦呢？我自己都怕得要死呀！此時此刻，我只能暗暗地向那些可能埋伏在廟裡，準備給冒冒失失想來偷看究竟的高嘉郎一個教訓的好兄弟們祝禱，我跟他們說：想打擾各位的人可不是我，拜託請千萬不要傷害我，你們要是不爽的話，請找那個拿著手電筒的傢伙算帳去吧！

當燈光終於投進廟內時，我忍不住閉上眼睛，做好聽到高嘉郎崩潰尖叫的心理準備。

但說也奇怪，眼睛閉了一下，耳邊卻一點動靜也沒有。納悶地睜眼時，只見高嘉郎還攀在窗邊，他朝我招招手，叫我過去一起看看。

白癡才會答應！我用力搖頭。

「妳過來啦。」他不再那麼鬼鬼祟祟，直接放聲叫我。

「你才過來咧！」我急得都快哭了。

「妳來看看，就知道究竟是怎麼回事了。」他臉上露出安心的微笑，再次對我招手。到底笑什麼呢？疑惑地，我勉為其難踩出腳步，走到他的身邊。高嘉郎的手電筒朝廟內掃射，他指給我看，而我鼓起極大勇氣，才敢稍微往裡面瞄上一眼。

「他媽的哪來的骨灰罈？骨個屁蛋。」高嘉郎忍不住笑罵起來，而我只覺得一切都白癡透頂。

光線照著廟內的供桌，那兒確實有個罈子，不過卻不是什麼骨灰罈，只是個胖胖的空花瓶而已，而花瓶後方，在燈光較為微弱的角落，則擺了一張神明桌，土地公塑像好端端地坐在桌上，笑得非常慈祥。

沒有骨灰罈、沒有鬼，沒有各種魑魅魍魎，一切都只是自己嚇自己。

「對於這個真相，妳有什麼看法？」半晌後，高嘉郎問我。

「沒有看法，」我晃晃手中那袋垃圾，說：「剛剛喊著有鬼的那些人，叫他們把垃圾都吃了，我就原諒他們。」

一趟你帶我去看世界的旅程，是從今晚開始的。

能夠促成聯誼，有些出乎我的意料之外。拿著報名表逐一詢問時，我總以為大多數人會拒絕，卻沒想到最後參加者竟然超過預定人數，我只能滿是抱歉地告訴那些女孩們，名額已滿，請期待下回。

同樣都是男宿的管理員，星爺跟小凱本來想以糖果作為接洽窗口，但糖果根本不想理會，於是他們找上豬豬，然而豬豬一看到預計行程當中，沒有太多以「吃」為主題的內容就放棄了。最後他們又找上小主，可是小主怎麼可能紆尊降貴，跟他們這些奇形怪狀的傢伙們去討論那些瑣碎呢？因此她纖纖素手指了過來，我就成為她的全權代理人。

對於聯誼這種事，其實我自己也興致缺缺，特別是當我看到行程的初步安排後，就跟豬豬產生了一樣的看法。一個聯誼活動，唯一跟吃有關的，就只有麥當勞？這種活動根本不適合我吧！後來將近一個月的時間，我接電話總接得意興闌珊——在每個人都有手機的時代，免費的宿舍內線還是我們的最愛——於是糖果或豬豬就成為我的電話代接人，她們千篇一律地告訴那些指名要找周阿胖討論聯誼活動細項的男生，說：「不好意思，她出去吃飯了。」

就算是凌晨十二點半，她們也都這樣回答。

「小主她們今天會出現在這裡，是因為賣我的面子；而我之所以會在這裡，則是賣你面子。」我對高嘉鄖說。

「妳確定是賣我面子嗎？」他嗤之以鼻，「我看是麥當勞叔叔的面子比較吸引妳吧？」

懶得跟他囉嗦，我正忙著把炸雞塊往嘴裡塞。時間有點趕，害我連好好喝杯玉米濃湯的時間都沒有。這頓飯吃得太草率了，絲毫無法體驗箇中美味。我跟高嘉鄖再三強調，今天事成之後，一定要來辦一場慶功宴，而我現在就可以跟他點餐——我要麥香雞漢堡一個，六塊炸雞一份，薯條可以不加大，但冰炫風是絕對少不得的，另外還要大杯的玉米濃湯，而且要加兩包胡椒粉。

「宿網維修管理員雖然被稱為『經理』，但我其實領的是工讀生的薪水，這妳懂嗎？」

「那不是我們討論的重點。」我把手一攤，「或者你覺得我現在把一整票女生全都帶走，這樣會比較好？」

「妳這是勒索。」

「不，」我笑著告訴他，「我這是搶劫。」

參加聯誼活動的女生大約十幾個，全都是花枝招展的打扮，環肥燕瘦皆有，當然，我承認自己是最胖的那一個。不過這無所謂，別的女生會擔心胖了就沒人要，可是我在這場聯誼活動中，唯一關心的卻只有結束後的大餐，至於能不能在活動中遇見心儀的男生？我一點也不在乎。

雖然是在校門口集合，但我們的交通工具不是校車或公車。高嘉郎只是聯絡人之一，男宿那邊真正的主辦人應該算是星爺跟小凱。他們找來的男生來自各系，但清一色都住宿舍，而機車可以是自己的，也可以是借來的，反正今天的參加資格就是要有兩輪；至於女生這邊，我們的唯一條件是要自備安全帽。

外頭是超過三十幾度的大太陽，就算可以聚集成一片五顏六色、爭奇鬥豔的洋傘大軍，但也沒人想要晒太陽。女生們全都集結在校門口警衛室外的屋簷下，另一邊高嘉郎帶著那群男生朝我們走過來，大家都已經把鑰匙交出來，裝在一個不透明的塑膠袋裡。

我對這種老掉牙的模式實在很難苟同，但他們堅持說為了公平起見，所以非得這麼做不可。無可奈何，每個女生只好伸出手來，往袋子裡掏上一掏。我反正可有可無，當然也把手伸過去。但老實講，如果真能自己選擇的話，我比較傾向能坐認識的人的機車。而這些男生當中，小凱眼裡只有糖果，根本不用想；星爺的車又破又舊，只怕載不動我，除了他們，高嘉郥跟我最熟，但他是今天唯一的例外，別人都是男女同車，只有他坐一個學弟的機車後座。

「既然男生多兩個，幹嘛還跟我說額滿了？」我沒好氣地問他。

「妳不知道小高喜歡男生嗎？」星爺笑著跟我說，而高嘉郥則聳了聳肩。

「真是夠了。」我嘆口氣。

如果不能搭熟人的車，那至少給我一個帥一點的男生，或者賞我一部好車吧？我已經相中人群中一個看來還不賴的男孩，他那一副陽光爽朗的模樣十分討喜，但別說所有鑰匙都裝在袋子裡，就算擺到眼前，我也不曉得哪一把才是他的。隨便摸了摸，負責「亮票」的男生立刻舉高鑰匙，呼叫主人出列。幻想破滅的瞬間，我看了差點傻眼，而其他人也忍不住哄堂大笑，那個站出來的傢伙，一臉懊惱地矗立在我眼前。

「周阿胖，妳遇到對手了！」星爺笑得腰都歪了，連高嘉郥也噗嗤一聲。

還能怎麼辦呢？我哭笑不得。那傢伙個子起碼一百八十幾公分，但體重肯定破百，臉上的肥肉都垂下來，只要套上個豬鼻子，直接就能去演豬八戒。我聽到那群男生們都叫他

「油罐」，這是什麼綽號，難聽死了！

「你騎什麼車？」我很懷疑，這世界上還有沒有一輛機車是可以載得動他跟我的？但好心問上一句，沒想到他居然連搭理一下都不肯，沉著一張非常臭的豬臉，從亮票男生手中把鑰匙攫過去後，轉身就走，直接把我晾在原地。

這未免也太沒品了吧？我皺起眉頭，忍不住看看小主她們，女生這邊一堆人立刻露出不高興的表情。小主走了過來，她說用不著生氣，大不了待會兒跟我換就好，說著，她對著走到我們這邊來陪笑的高嘉郎跟星爺也抱怨幾句。

「不好意思，不好意思，我去搞定，很快，馬上就好。」星爺也是滿臉尷尬。

其實我並沒那麼脆弱，只是覺得有點不開心。這場聯誼的抽籤方式很公平，抽到的對象是誰，全都交給老天爺決定，但要抱怨對方的外貌之前，自己也該照照鏡子吧，一副牛鬼蛇神的樣子，難道還妄想抽到個如花似玉嗎？

「妳沒事吧？」高嘉郎忍著笑問我，而我搖頭。

我沒事，我能有什麼事呢？我只是很想殺了那個非常沒風度的死胖子，跟你們這些看熱鬧的傢伙而已。

我心裡是這麼想的，既然都來了，就算有點不開心，但總也不好掉頭走人。扣掉高嘉鄖跟他學弟，男女生的人數剛好，要是哪一方少了一個人都不好看，再說，除了那個油罐跟我之外，其他人看來都還算開心，我也不想因此掃了大家的興。

那是一輛一二五CC的機車，油罐坐上去時，車身陡然一沉，等我的體重再加上去，避震器彷彿直接被壓縮到極限。他試著催動一下油門，這輛改裝過的機車，排氣管原本應該宏亮的聲響，現在卻好像在嗚咽一樣，如果以人物形象來形容，我想那就像一個雄姿英發的帥氣型男，轉眼變成暗夜裡沙啞啜泣的老婦人，模樣悲慘到了極點。

「幹，妳到底幾公斤啦？」油罐也不管後座的人想不想吸二手煙，直接點了香菸。

「還好意思問別人幾公斤？欸，請問你自己是有多瘦？」我真的有點生氣了。

這趟行程的規畫其實很簡單，為了避免麻煩，之前我代表女生這邊去跟星爺他們開會討論時，就說了搭配組合要一路到底，中間不要一直換搭檔，原本他們覺得這樣安排不夠有趣，但在我堅決反對下而作罷，現在可好，簡直是作繭自縛。

我從校門口上車後，只能坐在椅墊的後半一小截，屁股被座位後的金屬握把頂得很痛就不說了，騎車的死胖子每隔幾個路口就點根菸，一副非把我熏死的樣子不可。但在這種處境下，吸吸二手煙已經算好的了，真正讓人難以忍受的是他身上老是有股狐臭味道，而更惡劣的是，當我們順著台灣大道一路越過大肚山，過了沙鹿，大夥停在清水小鎮上的便利商店買飲料時，別的男生都會多少對女孩子獻點殷勤，而他非但對我不理不睬，我自己買了飲料，他居然口氣很差地警告我要是待會兒沒喝完，就不准我上車。

「我買寶特瓶裝的，只要鎖緊就好，又不會灑出來弄髒你的車。」我抗議。

「那一罐至少幾百公克，妳還嫌我車不夠重嗎？」

那瞬間，我生出一種不如自己搭公車回去算了的念頭。

不想理他，我湊在小主她們旁邊，寧可負責幫忙跑腿，在便利商店進進出出，也不肯過去跟油罐多說幾句話。

「妳當丫鬟倒是當得挺起勁的。」看我忙進忙出，高嘉郎已經站在櫃台前排隊，等候結帳時，他忍不住調侃。

「說話客氣點，什麼丫鬟。」今天受的氣真是夠多了，我瞪他一眼。

「不然為什麼大家都在外面坐著聊天，就妳一個人忙著？」

「我只是幫小主買東西，至於其他人，那叫做順便。」

「在我看來，是妳被使喚得習慣了，而她也差遣妳差遣得上癮了，還把這好處推廣出去，讓大家一起來指派妳做事而已。」高嘉郎指著我手上那一籃飲料、餅乾，「不然妳倒是說說看，這籃子裡面有沒有妳的東西？」

「目前沒有，等一下可不一定。」我哼了一聲。這一籃東西確實都是外面的點單。

「真是夠了。」他搖搖頭，「平常當跑腿小妹也就算了，可以順便運動一下，但今天人人平等，妳好歹也是女主角之一，主辦人沒有兼打雜工的必要吧？」說著，他把我手上的籃子接過去，擱在櫃檯上面，將自己手中那兩瓶剛結完帳的運動飲料，遞了一罐給我。

「幹嘛？」

「妳學不會對自己好一點，那就只好讓別人偶爾對妳好一下了。」他笑著說：「我請客，算是答謝上次後山探險，妳陪我回去撿垃圾的人情。」

「這麼好心？」我接過飲料，忍不住用懷疑的眼光望向他。

「笑一個吧，別這麼愁眉苦臉的。」高嘉郎說：「我比較喜歡看妳笑起來眼睛瞇瞇的樣子，有沒有人跟妳說過，那樣子很像毛蓬蓬的柴犬？」

「也不是每個人都跟你一樣這麼不要命的。」我瞪著他。

永遠站在我這邊。不說，但你用眼神承諾。

我當然很感激高嘉郎的這份「人情」。俗話說得好，講義氣的人必有福報，老天爺果然還是疼惜好人。不過祂開眼的時間真的並不多，才讓油罐那種狼心狗肺有繼續糟蹋善良人的機會。

去了一趟高美濕地，我們沒跟著可惡的遊客們一起下去踐踏泥巴，更沒有滿地亂挖招潮蟹。一個生態系的男生非常好心地給大家做了導覽，但也僅止於說明而已，大家都恪守規定，不敢破壞濕地生態。

那短短的一小時導覽，是我唯一覺得此行有趣的片刻，在那之後，噩夢很快便回到我的世界。一群人看完夕陽後，浩浩蕩蕩又踏上回程，到了預定的火鍋店後，大家分座坐下，但那該死的油罐坐在我旁邊，他一片肉也不肯分我吃，每次撈到我碗裡的，全都是些湊數的火鍋料，什麼蝦餃、蛋餃之類，當我要求想吃點別的食物時，那個王八蛋居然撈了一大坨煮得軟爛的綠色青菜過來。

「你到底是什麼意思！」我瞪大眼睛。

「我可是為妳好。」

「要笑別人之前，你難道都不會先覺得心虛嗎？」我指著這個比我腦滿腸肥一百倍的傢伙大罵，「你這樣嘲笑別人，難道會比較開心嗎？如果像我這樣的胖子不能吃火鍋裡的肉片，那你呢？你連走進來的資格都沒有吧？」

「我這叫做穩重，妳那叫做癡肥。」油罐不屑地說：「反正妳吃菜就好了啦，這一鍋都是豬肉耶，妳吃同類不會良心不安嗎？」

我真的再也忍不下去了，筷子往桌上用力一甩，氣得起身就往外走。

大概是那個霍然起身的動作太大了，椅子又沒事先拉開，我的大腿碰上桌緣，真的痛得要命，但在眾目睽睽的當下，再怎樣也不能彎腰哀叫出來。我只覺得身心都受了重傷，無法再待在屋裡片刻，只能頭也不回地往外頭走去。出了門口才沒走兩步，忽然有人從後面一把扯住我的手腕，回頭一看，原來是高嘉郿跟星爺。

「別理他，胖子就是天生嘴賤。」星爺說。

「靠，你這句是罵他還是罵我？」我沒好氣地回擊，但這句話才剛出口，居然自己忍不住笑了出來。

「算了吧，別計較了。」高嘉郿嘆口氣，「待會兒我跟妳換車吧。」

「那你的學弟呢？你難道要把心愛的學弟給推進火坑嗎？」

我的問題讓高嘉郎也笑了出來，他說學弟今天跟他湊一對，心情也很悶，搞不好想跟女生一起騎車。

「算了吧，你坐油罐的車，說不定也會被他擠下來。」我無奈地說。熙來攘往的街道邊，隔著透明玻璃窗，可以看到店裡小主正滿臉不悅，背後有一群男女撐腰，大家正集體圍剿油罐。高嘉郎說這樣也好，對付那種人，就是需要輿論壓力。

「我知道我是有點胖啦，可是又沒有礙著別人，某個角度上來說，我也算是個好人，對吧？」趁著裡面一團亂，星爺也進去加入戰局時，我問高嘉郎。

「是呀。」他點點頭，「妳有服務社會的熱忱、渡化眾生的菩薩心腸，這個我已經見識過很多次，特別是今天下午在買飲料的時候。」

「就算體重比別人重了一點，那也是我個人的問題，要不要減肥也是我自己說了算，輪不到別人來批評，對吧？」我又問。

「觀念非常正確。」他又一次點頭，說：「這確實是誰也管不著。」

「但那個王八蛋一整天對著我指手畫腳，他到底憑什麼這麼做呢？」

「這個嘛，」他想了想，說：「套個我們在電腦系統裡常發生的狀況來解釋，有時候妳分別安裝了甲跟乙兩種程式，一種是軟體作業系統，另一種是資訊安全系統，按理說應該絲毫不相干，可以各走各的路、各做各的事，可是呢，有時就會發生這種怪事，明明毫無扞格，可以相安無事的兩種存在，哪天忽然不對勁了，要不是這個影響那個，再不就是那個妨礙了這個，導致妳非得先卸載或關閉其中一個，才能讓電腦繼續運作，然後……」

「你可以講重點嗎？」我不想聽這種科技宅男才懂的理論。

「總之，就是雞婆。人跟電腦都會出現這種雞婆事，明明不干自己的事，卻又非得妨礙別人不可。」高嘉郎聳聳肩，「但是妳也別忘了，人跟電腦不一樣，電腦遇到這種狀況，非得關掉一個不可，可是人生呢，路怎麼走是妳可以選擇的。」

「我真的可以選嗎？」我眼睛一亮，已經躍躍欲試。

「當然，妳想怎麼選呢？」他像個啟迪人生智慧的導師，張開雙手，背後彷彿充滿靈性的溫暖光輝。

「我想進去殺死他，把他丟進火鍋湯裡，跟大家一起分享吃掉，你覺得這提議好嗎？」

那次聯誼的句點，是油罐的一句「對不起」。當時小主雖然沒有立刻衝出來安慰受挫的我，但她把這個任務交給高嘉郎跟星爺，自己則率眾圍剿了那個討厭鬼，揚言如果他不肯道歉，今晚大家誰也別想善罷甘休。某個程度上看來，當然我們是贏了，只是我個人認為，這贏得一點也不讓人開心。

◉

聯誼之後不久就是期末考，考完後的那個暑假，我哪兒也不去，乖乖回到彰化。每天除了吃跟睡，完全沒別的興致，吃睡成了生活的唯一行程。過得太爽的結果，是我差點連學費轉帳註冊都忘記，險些就把自己給退學了。而開學前噩耗傳來，我跟小主都沒抽到新學期的學校宿舍。

趕在上課前一週，一起約在台中碰面，我負責大街小巷張羅各種租屋資訊，上網蒐集一堆套房出租的聯絡電話，而小主負責逐一過濾後，打電話去詢問，最後才幫我們都找到安身之處。

二年級了，是呀，二年級了。我躺在床上，想起那次後山夜遊探險，想起高美濕地的聯誼，想起高嘉郢、星爺跟小凱，他們應該都還在宿舍吧？哎呀，真是好久不見了。一邊想著，我又爬起身來，看看臉書上面剛剛傳來，但我還沒回覆的訊息。

那個剛加我好友的傢伙，大頭貼是一張憨憨的笑容，但更吸引人的則是背景那張初音未來的海報，雖然不到豐乳肥臀的地步，但顯然不合乎人體工學的身材曲線，還有一頭不該屬於人類的藍綠色長髮……嗯，男生真的都喜歡這樣的類型嗎？如果變成真人，真的會好看嗎？我看了又看，想了又想，最後得出結論，我認為初音未來只是從宅男們過剩的賀爾蒙分泌中，一個失控的意外而產生的綺想，那不合乎真實，也不是真愛，那叫做想像。

「周阿胖，我很久沒看到妳了。」在我按下好友確認後不久，他傳來一個訊息。

「也才一個暑假。」我懶洋洋地回覆。

「妳最近在忙什麼？是不是沒住宿舍了，我在名單上沒看到妳。」

「沒抽到，我跟小主現在住外面。」想了想，我又回他一句，「你呢？你跟你學弟還在宿舍嗎？或者已經出去共築愛巢了？」

「愛屁，我學弟交女朋友了。」

噢，真令人遺憾。我忍不住笑了出來，嘴裡啃著擱在桌邊的孔雀餅乾，我安慰他說：「沒關係，男生宿舍裡還有你挑不完的新對象，加油。」

「真感謝妳的好心。妳呢？最近好嗎？」

「還是老樣子，你知道的。」舔掉手指上的餅乾屑，我回答。

「拜託，除了上課跟當丫鬟之外，妳的人生真的沒有其他事情好做了嗎？」

「不然我能幹嘛？」

「或者妳可以去談個戀愛？」

「別傻了，誰會喜歡我這種胖子？」我滿不在乎地回應，目光搜尋屋裡其他還能吃的東西。

「胖不胖跟愛情一點屁關係都沒有，我倒覺得妳這種笑起來圓嘟嘟，感覺總是甜甜的樣子就很好。」

「是嗎？」

「這世上有各式各樣的糖，有些人喜歡又小又硬的糖果，有些人喜歡口感特別Q的軟糖，但像我這樣牙齒不太好的人，就覺得蓬蓬鬆鬆的棉花糖其實也不賴。」

「你人真好。」我翻了個白眼，手指在鍵盤上敲出幾個字，「滾你的蛋，少來消遣我，別妨礙老娘覓食。」

棉花糖？那不是在暗諷我的身材嗎？棉你去死吧！把高嘉郎丟一邊去，我起身離座，在櫃子裡東翻西找，最後才找到一包不知何時剩下的餅乾，也不管它是否受潮變軟，塞進嘴裡就啃了起來。一邊吃著，我想起他剛剛說的那句話，除了上課跟當丫鬟之外，我的人生真的沒有其他事情好做了嗎？這句話在我心裡微微發酵著，記憶裡的畫面，彷彿回到聯誼那天的情境。此時此刻，我猶豫著該怎麼回答，我想告訴他，我跟小主其實不是主僕關係，我只是懶得思考，而她懶得動作，這叫做互補，我們是一種互補關係。

可是這麼簡單的話，我卻無法直接回答他，因為隱隱約約，特別是在暑假那段把自己又吃胖三公斤的日子裡，我偶爾也曾想過：都大二了，人生還如此空白，確實是有該做點什麼的必要才對。

「人家說，夢想這條路，哪怕是跪著走，也都要用力走下去，那妳呢？」他忽然又傳來一句話。

「如果有必要的話，用滾的也是可以，這一點我不介意。」摸摸肚子上好幾圈厚厚的囤積，我滿不在乎地回答他，「問題是我沒有夢想，不知道該往哪裡滾。」

高嘉郎給我一串的「哈」字，大概是真的笑得很開心。他說：「妳住的地方離學校遠不遠？不遠的話就快點滾過來吧，我這兒需要幫手呢。」

我往你那裡滾過去之後，就再也不滾開了喔！

你知道，那正是我們之間的距離，
太遠或近都不行，像雲彩偎著夕陽般，
不知不覺間，成為我的呼吸。

只是我不知道，
原來天會有雨，原來時陰時晴，
原來童話不永遠在幸福快樂中結局；
而你說，沒有陽光的日子，
袋鼠都在睡覺。

就在一年前，我跟小主也有過這樣的體驗，我們眼裡看到的一切都何其新鮮，走在校園裡，連空氣都瀰漫一股自由的味道。終於揮別了制服，也跟早自習、糾察隊，還有無聊的小考、模擬考說再見。我把老爸說的那些什麼「自主」與「自律」的鬼話都丟一邊去，誓言以吃遍學生餐廳十幾家攤販為志業；翻開選課本，幻想過無數畫面，在那些我有興趣的課堂中，我要搖身一變，成為眼裡泛著智慧之光的大學生……

好吧，我承認是多想了，一年後的我只加大了腰圍而已。

去年我們逛校園，幻想了太多關於未來的光景，但一年後，這些新鮮感已經沒了，除了幾家固定光顧的小攤子，餐廳也幾乎沒有能讓我們太心動的食物。至於眼前這兒，我跟高嘉郞說，去年因為下大雨，社團招生攤位少得可憐，來逛逛的新生也寥寥無幾。

「那妳今年可以稍稍彌補一下去年的遺憾了。」

他拿起一份表格問我要不要填，卻遭到我斷然拒絕。誰要參加資訊研究社啊？我告訴高嘉郞，當初之所以選擇中文系，就是因為我討厭阿拉伯數字，就算一切簡化到只剩0與1也不行。

「妳討厭的東西真的很多耶。」

「可不是，阿拉伯數字、英文字母、會晒死人的大太陽、沒有毛卻很多腳的蟲子，還有番茄、芹菜、白菜、不加糖的飲料跟趁我睡著時才響的鬧鐘，這些都是我討厭的。」

「那喜歡的東西呢？」他剛問完，卻又自己搖頭說：「算了，我還是別問了，反正除了剛剛那些之外，其他的妳一定都不討厭，而且說不定還喜歡得很，尤其是食物類，對吧？」

「所以這個暑假我又胖了。」我攤手。

高嘉郎哈哈大笑，卻也說了句讓人心情非常愉悅的話。他說放暑假前，本著旺盛的求知欲，他特別到圖書館去借了幾本書，準備漫漫長假可以打發時間，然而逛著逛著，卻逛到了文學類的書區，一時興起，想知道我們這些文學人都在讀什麼，所以他借了幾本書，其中有名作家村上春樹的作品，說著，他問我有沒有看過。

「我念的是中文系，不是日文系。」我搖頭。

「他書裡有句話說得很不錯，我當時就記下了，想說哪天遇到妳時，非得跟妳分享一下不可。」

「如果是難聽的話就免了。」

「他說人的胖法跟死法一樣，都有分好看跟不好看的。」高嘉郎拍拍我厚實的肩膀，笑著說：「非常幸運的，妳屬於前者。」

「那可真是謝了。」我冷冷地哼了一聲。

他們這個悲哀的小社團，根本無法吸引任何一個走過去的新生，就算勉強有幾個宅男模樣的傢伙駐足，他們看的焦點也全都集中在板牆上張貼的海報。海報上全都是動漫人物，其中就有高嘉郎在臉書大頭貼的背景圖。

我看著初音未來，問他，「男生真的都喜歡這一型的嗎？這真的就是所謂的美嗎？」

「美不美是個人主觀問題，哪有標準答案？」見我站在那兒，手中拿著一疊傳單發呆，他問我在想什麼。

「正在思考著如何建立標準的問題。」

「是嗎？我感覺好像看到一個視窗，上面顯示『標準建立中，完成度約百分之三十八』，但因為記憶體不足，也可能是主機板或ＣＰＵ過於老舊，一副跑不動的樣子。」高嘉郎嘿嘿一笑。他說這種事情，與其站在這兒瞎想，倒不如去談個戀愛，正所謂女為悅己者容，有個「悅己」的人，也許美跟醜的標準就建立得起來了。

「是嗎？」

「是不是，我不清楚，但是我找妳來，是叫妳幫忙發傳單，不是請妳來當人形立牌的。」他把手上那疊傳單打在我頭上，笑著說：「還不快點幹活，待會兒到底還想不想吃飯呀妳！」

一個下午的活動，犧牲掉我珍貴的睡眠時間。等小主放學回去，發現隔壁房間沒人，打電話來找人時，我已經發掉幾百張傳單。那些路過的人，無論是新生或舊生，每個人都被我精彩的演出所打動，願意伸出他們的手掌，把那張老實講做得非常醜，而且還有錯字的傳單接過去。

不是多麼難的表演方式，我也只是略施小技而已，每個走過攤位的人，我都對他們裝出一副苦瓜臉，用近乎哀求的語氣說：「拜託行行好，可憐可憐我，包便當或擦鼻涕都可以，麻煩請幫我這個忙，拿我一張傳單吧！」

高嘉郎說這種手段就算發光了傳單，只怕也沒人願意來社團走上一走，但我把手一攤，告訴他，老娘的工作只限發傳單，無法左右那些路人的腦電波，要不要來，或者願不願意多看那張傳單一眼，這可不是我的管轄範圍。

到了傍晚，連小主也回到學校，加入幫忙的行列，有她出馬，事情可就好辦多了。高嘉郥他們不曉得從哪裡找來的道具，直接拿了一頂藍綠色的長假髮往小主頭上一套，雖然沒有其他裝扮，但大眼睛、長睫毛跟瓜子臉，儼然就是初音未來的俏麗嬌柔模樣，非常討喜，因此她手上的傳單也是最快發完的。

原本我心裡已經開始盤算，待會兒要如何敲詐高嘉郥，但做事的當下，卻隱隱聽到不遠處傳來些許雜音，那像是音箱測試時的幾個電吉他雜亂單音，偶爾又夾雜零碎的鑼鼓聲。我很想過去瞧瞧，但事情還沒忙完，一直等到天色漸暗，傳單幾乎都發光了，剩下幾張也讓小主代勞後，我忍不住挪動腳步，朝著聲音來源的方向過去。

一整排的帳篷，既像是園遊會，也宛如嘉年華活動一般，每個社團無不竭盡心力，想在新生走馬看花的記憶中，留下一個深刻的印象。而此時此刻，最能吸引人的，也就莫過於攤位的最後面，那五彩燈光與小舞台的架設了。

人群漸漸圍攏上來，主持人手握麥克風，簡單幾句開場白後，大家都明白了，原來是熱音社的招生活動。高嘉郥跟小主都站在我旁邊，我聽到他咳聲嘆氣，說人家這招生方式多直接，廢話不必多說，直接來一場演出果然是最有效的，哪像資研社，就算表演現場拆組電腦，大概也沒人想多看幾眼。

我望著台前，幾乎入迷，為著那燈光絢爛下，電吉他劃破夜空的銳利聲響，然後鼓聲震動，每一下都敲擊著所有觀眾的心臟，快節奏的旋律瞬間飛揚起來，像是衝脫了一切羈絆，忽高忽低，也忽左忽右，盤繞在每個人的耳邊。

第一個上台的樂團主唱，是一個留著短髮，個子矮小，但容貌還算清秀的女生，她如果置身在人群中，應該不怎麼起眼，可是當麥克風握到手上時，卻忽然變了個人似的，略帶沙啞的嗓音唱起第一句歌詞，那是我聽過的曲子，只是從來不知道歌名，但我曉得那是電影「NANA」的主題曲。

我們被那一波波驚滔駭浪般的音樂聲所衝擊與淹沒，漸漸地忘了這原本只是個小型的招生演唱會。短髮女孩接連唱完幾首歌後，本來表情很酷的她終於露出笑容，說著一些歡迎大家來參加熱音社的台詞，而她說完後，把演出的位置讓給另一個男生，同時樂手們也換了一批人。

我已經完全忘了自己正飢腸轆轆，只見第二個樂團又開始演出。不像剛剛走的是日式路線，他們非常陽剛，每個男生都長髮及肩，在表演時不斷甩動，雖然同樣是我完全聽不懂的英文歌詞，但不管快歌或慢歌，都讓人如癡如醉，尤其是那個男主唱，他看來好瘦，兩頰深陷，但正好襯托出上唇與下巴兩撮鬍子的帥氣，而那眼神真的可以殺死人，時而銳利時而溫柔地望著台下。我覺得他根本不需要唱歌了，只需要做表情跟動作也就夠了，這如果不是一盤天菜，那什麼才叫做天菜呢？一邊聽著音樂，我忍不住用腳尖打起拍子，好想也跟著一起大聲唱和。

「妳剛剛是在起乩啊？」等台上的樂團終於唱完，主持人又開始介紹熱音社的內容時，高嘉鄖問我。

「你才中風癱瘓咧，聽到那麼棒的音樂，卻連一點共鳴都沒有，只會傻傻地站著發呆。」我瞪他。

「走了啦，肚子餓死了。」他伸伸懶腰。

「等等。」小主搖頭，她畢竟比較了解我，拉住了高嘉鄖。

是的，儘管雙腿都還連在身上，卻好像有兩支大釘子將我釘住了，我完全無法移動腳步。我繼續盯著舞台，看著接下來登場的第三組演出組合，不過這回不是因為音樂而出神，而是我看到上台的主唱手上有一疊熱音社的招生報名表。在台上，在燈光下，他問現場聚攏的大家，有沒有誰願意成為今天第一個加入熱音社的學生？

然後我發現自己不由自主地舉起了手。

「周阿胖妳瘋了嗎？」高嘉鄖急忙拉住我的手，還說：「妳生是我們資研社的人，死了也只能是我們資研社的死人啊！」

「讓開！」我一眼都沒有看他，著了魔般，往前踏出一步，眼看著那個主唱正綻開笑容向我招手，我視線沒有移開，對高嘉郞說：「別人為了夢想，跪都要跪著走，而我終於發現一個可以滾過去的方向了。」

等我看盡世界的風景，我就回到你身邊。

從小到大，我們在各種重要或不重要的表格中，難免會填寫到興趣與專長這兩項，這兩者之間經常有一種互相呼應的關聯性，因為興趣可以發展成專長，而專長往往來自於興趣的累積。因為這樣，每當我在興趣欄寫下「睡覺」，跟著專長就可以是「檢測睡眠環境舒適度」；而當興趣是「吃」時，專長就可以是「美食鑑賞」或「毒性反應測試」。反正說得煞有其事，也沒人知道是真是假。但偶爾會有一項是專長與興趣無法對應的，當我說自己有唱歌的興趣，而且特別偏愛搖滾樂時，我卻無法在專長一欄當中填寫任何東西。

癥結之一，是我根本不懂音樂。我不知道電吉他不插電就沒聲音的原因，不知道鼓手坐在那兒敲敲打打的大大小小的鼓，究竟有何差別，還有一片片金屬的圓片，那應該叫做銅鈸吧？但那種銅鈸跟台灣傳統民俗鑼鼓陣中常見的鐃鈸，是不是一樣的東西呢？這個我也不清楚。

癥結之二，要說唱歌的話，很抱歉我只熟悉國語歌而已，要講歌詞，如果舉辦梁靜茹跟孫燕姿的歌曲歌詞記憶大賽，相信我可以完勝無誤，但若講到國外的，很抱歉我只知道中島美嘉跟相川七瀨，頂多再加上個艾薇兒，這差不多就是全部了……

對。

「別開玩笑了，妳知道吉他有幾根弦嗎？」聽我說要加入熱音社，高嘉郎第一個反對。

「咱們好歹相識一場，站在客觀角度說句公道話，真的，妳這樣站上台實在不夠吸睛，甚至可能會有反效果。」星爺不住搖頭，「不是故意要講難聽話，但我真的想提醒妳，萬一舞台震垮了，死傷可能會很慘重。」

「全世界都可能反對妳，但唯有我是支持的，妳就去參加吧。」小凱說：「哪天要演出時，記得留兩張搖滾區的票給我就好，我想約糖果一起去。」

哭笑不得，糖果都已經名花有主了，只剩這個癡心的傻子還窮追不捨。至於另外那兩個笨蛋，我真的不想理會。

一群去年住宿時的老朋友們聚會，已經下午兩點，本該很安靜的學生餐廳，被我們弄得鬧哄哄的。我提起筆來，在入社申請單上簽名時，高嘉郎幾乎都快哭了，他說自己竟然親眼見證一個資研社的「準社員」在他面前叛逃，這麼無能的副社長幹起來還有什麼意思，他準備待會兒回去就切腹謝罪。

「省省吧你！」我推開他企圖攀過來阻擋的手，大筆一揮，在申請單上填下「周品好」三個字。

「原來妳叫這名字喔？」那瞬間，他忽然一愣。

「我以為妳生下來就叫做周阿胖。」星爺也說。

「難怪這麼能吃，原來是因為有三張嘴。」小凱搖頭。

「幹，你們很煩耶！」最後我生氣了，手一指，我叫豬豬攔住星爺，再叫糖果擋下小凱，接著朝高嘉郢握拳，把他給恫嚇住，然後才能順利填完表格中的其他欄位。這一回，興趣欄我只寫了聽音樂，專長則沒有相呼應的內容。

「寫好了沒？好了就給我吧。」就在我們鬧哄哄地一團亂時，小主忽然伸出手來，大夥看過去，只見她自己手上也有張一模一樣的表格。

「連妳也要去嗎？」高嘉郢大吃一驚，連我也瞪大了眼。

「不然還能怎麼辦呢？」小主從我手中接過表格，說：「事到如今，總不能讓她出去放生吧？這多讓人不安哪！」

「我其實也是很能自立自強的。」我抗議。

「自生自滅比較有可能吧？」她看了看我手中的表格，長嘆一口氣，「雖然我覺得熱音社招生的申請表設計得很低能，但妳的配合度也太高了，他們到底要了解社員的婚姻狀況幹嘛？而妳也挺厲害的，還勾了『已婚』。」

「已婚？我有嗎？」我愣了一下。

在大家的爆笑聲中，小主又搖頭無奈地說：「人家樂團上台表演的時候都帶樂器，那妳呢？妳是不是打算連我都帶上場，跟觀眾介紹說這位是妳的保母？」

那天晚上，我翻來覆去地睡不著，滿心都是興奮之情。小主替我走了一趟熱音社，把兩張報名申請表給交了出去。不過她也說了，自己對音樂並沒有太大興趣，只是玩票性質，去看別人的練習或演出都沒問題，但要有人逼她去學樂器或幹嘛時，我別忘了出來幫忙擋擋。

這有什麼問題呢？這簡直是太容易了嘛！這些年來，小主之所以能長保冰清玉潔之身，正是因為有我替她擋下那些茅坑裡飛出來的臭蒼蠅。什麼籃球隊員、高富帥學長，或者學校外頭認識的補習班課輔員、便利商店的店員，甚至連路邊指揮交通的義警都來跟她要過電話號碼，但那些人無一能越雷池一步，而雷池就是我。

我幻想著，或許這也可以是個夢想吧？那些我一向都很愛聽的，在我爸看來只能用「吵死人」三個字來形容的音樂，以前都只存在於一個個 mp3 檔案或 YouTube 的世界中，但自從那天看到人家現場演出的畫面後，我真的被震撼到了。如果有一天，我也可以站上舞台，可以用盡全身力氣，把一首首我喜歡的歌曲都唱出來，不曉得該有多好！而且我一定要找那個蓄鬍的男主唱一起合作演出……那男生叫什麼名字？哪個系的？他們團名叫什麼？目前雖然都還一無所知，但絲毫不影響我對他的崇拜。是了，如果像高嘉郞說的，女要悅己者容的話，那我由衷希望，那個鬍子男就是悅我者。

然後我開始幻想跟鬍子男一起登台的畫面，燈光閃爍，樂音迴盪，氣氛恰到好處，我們唱著輕快的曲子，最好是那種三拍的，蹦恰恰、蹦恰恰，我們臉上都帶著笑，目光交會的瞬間，溫暖而迷人的心意相通，台下觀眾會為我們癡迷……而一首曲子邊唱邊跳的最後，是我們手牽著手，他吻上我的手背，鬍碴輕刮過肌膚時，有刺刺癢癢的感覺……

「我還以為妳睡死了。」

所有的美夢最後都在一陣刺耳的電話鈴聲中破滅，高嘉郞用頹喪至極的聲音問我是否還醒著，如果眼皮還睜得開，要不要下樓吃消夜。

很納悶，他怎會知道我現在的住址？

他解釋說，當一群人在餐廳胡鬧時，他就看到我跟小主填寫的申請單內容，其實宿舍就在學校側門邊的巷子，非常好找。

「你們男生宿舍就是有這種好處，完全沒有門禁可言。」我問他幹嘛不找星爺他們一起，他說星爺今晚值大夜班，小凱則不曉得死到哪兒去了。他意興闌珊，卻點了一桌永和豆漿的好料，問我吃完這頓之後，能不能改變心意，回來加入他們資研社。

「什麼？」我很慶幸自己還沒開始碰那疊蛋餅，但冰豆漿已經喝了兩口。

「今天晚上我被社長臭罵了一頓，欸，資研社耶，在電腦開始普及的年代，我們曾經是全校最大社團之一耶，但是今天淪落到什麼地步？我們今年只收到兩個新生。」高嘉郿嘆了口氣，「妳明天有空嗎？要不要來參觀一下我們社團？看一眼就少一眼了，也不知道哪時候會倒社。」

「我其實不太能理解一件事。」沉吟著，我問高嘉郿，他就讀的科系就已經讓他整天都在摸電腦了，好不容易混個社團，還要繼續沉溺在那些晶片、線路或軟體的世界裡，難道不嫌悶嗎？這種社團原本就是留給那種有興趣的人去加入，一般人，特別是像我們這種文學院的，電腦只是一種工具跟媒材，會操作也就夠了，誰會想去研究它呀？

「妳這樣說是沒錯啦，但問題是我沒得選擇呀。」高嘉郿說：「我從國小開始，就被我爸送去學電腦，從一般的軟體操作到網站架設、維修管理，甚至自己撰寫程式，這些都是一步一步累積下來的，除了這個之外，其他的東西我什麼都不會。」

「然後你就變成只愛初音未來的科技宅男了。」我不忘補上一句，「除了初音未來，你就只對小鮮肉有興趣了，你這怪胎！」

「第一，我不是只愛初音未來；第二，愛初音未來的也不全都是宅男，還有，我那叫做欣賞，妳懂個屁。」他說著又咳聲嘆氣，「算了，跟妳說這麼多也沒用，妳是不能理解魯蛇的悲哀的。」

我笑著拍拍他肩膀，要他打起精神來，這麼頹廢的高嘉郎，我一點都看不慣。說著，我也套用他說過的話，模仿他的語氣，只是改了一下台詞，說：「除了上課跟摸電腦，你的人生真的沒有其他事情好做了嗎？」

「當然有，只是除了電腦之外，做別的事情總讓我有點不安。」

「不安？」

「比起跟人們接觸，坦白講，我還寧可在修電腦的時候自言自語。」談話間，高嘉郎不自覺地用手中的筷子把一疊蘿蔔糕都搗爛了，但他卻連一口都沒吃，說：「妳知道，電腦雖然很複雜，但它不會騙人，雖然也不是妳對它好，它就一定會對妳好，但只要專心地找出問題所在，這世上沒有修不好的電腦。」

「然後呢？」我點點頭。

「但是人們不一樣，妳永遠不知道自己付出的真心，最後可能換來什麼結果，對不對？」他停下折磨蘿蔔糕的動作，抬起頭來問我。

「放心，我會始終都對你這麼好。」我大笑著，用力拍他肩膀，「只要你願意停止糟蹋食物，並且把它挪到我眼前來的話。」

總有一天，我會對你好，就像現在你對我好一樣。

「阿胖，妳把那邊的音箱挪過去一點，回授太大了。」在社團的練習室裡，我們一群人擠在小小的空間之內，站在門口邊的，是負責指揮調整所有音控設備的阿偉學長，中間是拿著樂器的樂手們，最後則是負責把各種音箱挪動到定位的我。每次挪動之後，樂手們都會試著演奏一小段，負責指揮的阿偉學長聽了，便會依照他的見解，吩咐我再做些微調整，務必要使整個空間內的音場達到協調。阿偉學長是個對音樂極為嚴苛挑剔的人，音箱的音量、擺放的角度跟距離，乃至於任何會造成一點點回授現象的瑕疵，都是他所不能允許的。

什麼是回授？對，其實我也很想知道。

「剛剛不是跟妳講了嗎，副音吉他的音箱要往左邊一點啦。」他指揮了半天，已經開始有些不耐煩，臭著臉對我說：「副音吉他啦，不是主音吉他！」

我其實很想問他，副音吉他跟主音吉他的差別在哪裡，在我看來，它們都是正方形、黑黑沉沉的喇叭呀，唯一的不同，只是被稱為「副音吉他」的那一只，上頭貼了一張反核貼紙而已，但為什麼它就要往左一點，不能跟「主音吉他」一樣，朝著中間的方向呢？

「又回授了啦！妳再把它挪回來點啦！」他最後終於看不下去了，自己走了過來，捲起袖子搬動。

到底什麼是回授呢？我還是沒有答案。

新生入社之後，每個人都可以依據興趣，選擇自己想學習的幾種樂器，社團當然也安排了負責指導的老師，或者由較資深的學長來教學，除此之外，社上的管理工作，也開放給新生一同參與。本來我只想學唱歌而已，但眼見得報名當主唱的人實在太多，再加上那位鬍子男學長同時也兼任了吉他初學的授課，所以乾脆選了吉他入門；同時也因為他很常在社上走動，跟其他團員一起使用練團室，因此我毫不猶豫，立刻報名了練團室管理。

只是我在這兒待了一陣子後，唯一學到的，除了吉他部位的名稱外，比較有用處的，居然只是阿偉學長跟我說的一句話。他說熱音社裡大多都是習慣隨興的人，所以「把妳稱呼每個人時都加上去的『學長』或『學姊』給拿掉吧，聽起來怪彆扭的」，他這麼對我說。

「沒課的時間，妳把自己都賣給熱音社了耶。」小主咋舌。

「明年的這個時候，也許上台招生的主唱就是我。」信心滿滿的，我說。

小主對我豎起大拇指，期許我有一個好表現，為了對這份雄心壯志表達一點小小的鼓勵，她特別開出一份豐盛的清單，今天要吃滷味大餐。而想當然耳，還是她出錢，我跑腿。

只是一邊吃著，我也告訴小主，上次兩人一起去新社員的報到後，她就從此銷聲匿跡，學長們問過好幾次，想知道這個漂亮的新成員為何不來參加社上活動。

「妳怎麼說？」

「我只說妳課業太忙。」

「不對，」小主搖頭，說：「妳要補充說明，告訴他們，因為我課業很忙，沒辦法來參加社團活動，所以將與我有關的一切社員福利都委任給妳，吃的妳要吃兩份，有什麼好玩的，妳也都要玩兩份，懂嗎？」

「那可以不要連晉佑都切那麼多份，直接把他全屍留給我好嗎？」

「晉佑？那誰呀？鬍子男嗎？」她好奇地問，也不等我回答，光看到我吐出舌頭，學著小哈巴狗般猛呵氣，還弓出兩手的涎臉諂媚像，立刻就猜出八分，只好無奈點頭說：「妳整個叼走沒關係，請慢用。」

不必過多言語，我們就能夠心意相通，這可是來自於長年的友情相伴。當年一起念高中時，我們就是患難與共的好姊妹，數學一起被當，地理跟歷史也一起補考，遇到體育課時，她裝病而我則假裝月經來；學校要舉辦運動會了，她忽然扭到腳而我則沒來由地開始頭暈……當年我們逃過一劫又一劫，也度過一關又一關，早就培養出絕佳的默契。

傍晚時晉佑他們剛練完團，大家正要去吃飯，我也收拾好練團室裡的東西打算「下班」，非常難得的，他居然問我要不要一起去學生餐廳。

這算是一個非常棒的開頭，對吧？我心裡這麼想著。「極光樂團」一整群都是男生，就只有我一個女的。在餐廳裡，負責打鼓的胖胖問起小主，他不記得小主的名字，只知道那是一個跟我走在一起的漂亮女生。於是我告訴他們，關於那段我跟小主的故事……

高中畢業旅行的最後一晚，一群人在高雄新崛江走散，只剩我跟小主。她在一家飾品店逛了很久，最後終於挑到一條好看的項鍊，結完帳後，迫不及待掛在脖子上。那本來是個充滿歡笑與熱鬧的夜晚，但也許就是玩過頭了才樂極生悲，我們在滿是攤販跟逛街人潮的巷道中，跟幾個同樣玩得不亦樂乎的年輕人發生擦撞，小主摔了一跤，不比以前那些偽裝的藉口，那次她是真的扭到了腳，而更慘的是，當我扶著她回到飯店後，她才發現項鍊居然不見了。

「妳去幫她找？」晉佑問。

「是呀。」我說：「從她跌倒的地方，一路找回飯店，結果一趟沒找到，又找了第二趟跟第三趟。別的同學都在開心逛街，而我花了一整晚，都在找那條項鍊。」

「最後呢？」又一個學長問。

「最後我在飯店裡找到了。原來我扶小主回房間，她把斜背的包包拿下來時，不小心連項鍊一起扯掉了，鍊子一直掛在她包包上，只是我們誰也沒發現。虧我幾乎把那幾百公尺長的路程全都翻遍了，難怪沒有發現任何蛛絲馬跡。」

「妳可真是夠恆心毅力的。」晉佑不可置信地說。

我得意地笑著，往領口一掏，拿出一條蜂鳥造型的小項鍊，獻寶給他們看。

「就是這條項鍊？她那麼珍愛卻送給妳？」胖胖訝異地問。

「事實上是我走了第三趟還找不到後，直接回到那家店，又買了一模一樣的一條。」

我把鍊子收好，說：「也許是上天的刻意安排，註定我們要有這樣的一對吧。」

「敬妳們的友誼。」胖胖舉起可樂，其他樂手們也紛紛跟進。

「敬妳的義氣。」晉佑則說了跟別人不一樣的話。

每篇網路愛情小說，主角都需要一個講義氣的朋友，所以我有小主，小主有我。

我後來才知道，練團室的整理工作，是全社團中最乏人問津的，大家要嘛選擇燈控或音控的課程，再不就是簡單的輪值，或者只是單純地學點東西、找人玩玩音樂就好，誰也不想成天在這兒搬東搬西。

社團練團的時段是有限制的，從每天早上十點開始，一直到晚上十點為止，漫長時間當中，就只有我一個打雜小妹，再加上負責管理指揮、脾氣有點暴躁的阿偉。

「回授？簡單來說，就是當樂器或麥克風靠近音箱時，電波互相擠來擠去，擠出來的雜音。」阿偉學長說得很簡單，但我完全無法理解，可是瞧他一臉懶得多說的樣子，也讓我不敢再問，只能怪自己以前理化課學得不夠用心。

他跟我講完那幾句解釋後，轉身就往練團室裡去了。這兒明明有規定，每個練習的樂團都必須在使用後，把地上的導線收拾整齊，也不准在裡面飲食，可是大家都不怎麼認真遵守，導致我們倆常常得要代為善後。

本來我是想進去幫忙的，不過這時社窩裡擠進一群人，教學時間到，大家忙著找座位，而我抱著木吉他，也想搶個能接近晉佑的好位置，所以只好委屈阿偉了。

社窩空間不大，擔任教學的老師或學長勉強還有一張像樣的靠背椅子，其他人就只剩下板凳而已，因為大家手上都有樂器，所以座位間的距離也得拉開點才行。我望著晉佑，他臉上最大的特徵莫過於粗黑濃密的鬍子了，看起來真是性感。對比起貼在他背後牆上的一張海報中外國人正閉著眼睛陶醉地彈奏吉他的模樣，同樣都是鬍子造型，我覺得晉佑的帥氣有過之而無不及。

這堂教學課以女社員居多，這在以男生為主的熱音社並不多見，想必她們都跟我一樣，醉翁之意不在酒吧？

「奇怪耶，同樣都是新生的課，人家星期四那一班的，你們小烏龜學長教出來的學生進展都很快，已經可以開始彈一點簡單的曲子了，為什麼你們這班的進度卻嚴重落後，大部分的人都還在摸索和弦呢？回去到底有沒有練習呀你們？」晉佑學長搔搔他下巴的鬍子，滿臉疑惑的樣子，在我看來也很可愛。學員們有些人笑了出來，從那些鈴鐺般悅耳的女孩笑聲中，我知道她們一定有跟我相同的感想：學長，你不懂嗎？我們之所以無法專心，正是因為你呀！有你坐在眼前，誰還想彈吉他呢？我們只想彈你而已。

他臀部離開座椅，走到板凳區來，針對大家按壓和弦的手指，逐一矯正跟指導，我看到那幾個被他碰到手掌的女孩，有些人臉上露出靦腆的笑，有的則過分地對他露出挑逗的眼神，就只有幾個男學員認真地練習，絲毫沒有感受到這小小空間裡瀰漫著的濃烈氛圍。

快點走過來呀！我也需要你的指導呢！我的手指很不聽話，該翹的不翹，該壓緊的又鬆垮垮，這需要你來指點指點。我內心一邊忐忑，不知道他會不會靠得我很近，近得讓我能感受到他的氣息，一邊又暗自期待，期待與他零距離地接觸。快走過來吧！我在心裡吶喊著，但非常可惜的是，晉佑只走到我旁邊的女生那兒，給她一點建議之後，轉身又回到椅子上，拿起他的吉他，說要教我們幾個小調和弦。

真是太可惜了，我暗自扼腕。

那一小時的教學時間很快就過去了，我根本不記得課堂上到底教了什麼，整本樂譜寫的都是些亂七八糟的記號，到底記了什麼連自己都不知道，聽也沒聽進心裡去，倒是一段時間的練習下來，我左手指尖好痛。

幾乎每個初學者都買了一把廉價的木吉他，我也不例外。把吉他收進黑色的袋子裡時，我本來有點迫不及待，想趁著最後一點零碎時間，過去跟晉佑請教一些關於音樂欣賞的問題。我想知道他都聽哪些音樂，也想問問他，如果希望有朝一日，能跟他一樣站在舞台上唱歌的話，應該怎麼練習才好。不料就在我盤算著該如何開口，才不至於顯得冒昧突兀時，偏偏練團室那邊，阿偉很大聲地叫「周阿胖」，而且還不只一聲，他喊著，「周阿胖，快點過來幫忙！」

早知道就不要跟他說這個綽號，當一堆人竊笑出聲時，我只覺得尷尬不已，真想奪門而出。一邊感覺自己從臉頰熱到耳根，我沒敢多看旁人一眼，只好低著頭，拎著吉他乖乖走過去。

阿偉說今天晚上有兩組樂團要練習，依據不同的樂手編排組合，音箱配置也要稍做更動。每個團來練習，都要這樣調整一次，這簡直是無止盡的折磨吧？我問他，既然每個樂團的編制不同，那為什麼不讓他們自己處理音箱問題就好？可是阿偉很堅持要自己來，因為依照過往經驗，太多社團設備被大家挪來挪去，弄得亂七八糟，甚至還造成了超高的故障率。沒錢可以維修，就只好消耗人力來做事，他是這麼說的。

「妳吉他練得怎麼樣？」一邊搬東西，他忽然問我。

「就馬馬虎虎呀。」每只音箱起碼都超過五公斤吧？尤其是那些瓦數更大的，感覺上簡直快跟我一樣重，到底這種東西為什麼非得弄得那麼重呢？我吃力地扛著，一邊擠出僅存的力氣來回答。與此同時，要練習的樂團已經到了，他們都是三年級的學長，正在那兒好整以暇地看著我做事，卻沒人願意幫忙。

「新生都開始組團了，妳還不去找人嗎？」阿偉問我，「妳不是二年級的嗎？已經比別人少一年可以玩團了，還不積極點？」

我很想回他一句「每天扛音箱就累死了，還玩個屁團」，但這話可沒膽子說出口。我把一只音箱擺好，趁著喘口氣時說：「有啦，有在問了，可是還沒有找到適合的團可以加入。」

「妳要找什麼樣的團？打算站什麼位置？要不要我幫妳留意看看？」阿偉耳機掛在脖子上，不斷在調整著音控台的各種配置，隨口問我。

有點尷尬，我說自己吉他的程度並不好，而且當初加入社團，也不是真的想變成厲害的樂手，只是因為自己喜歡唱歌，喜歡搖滾樂才來的。

「該不會是想當主唱吧？」就在這時候，站在門口納涼的學長們忽然笑了，有個揹著樂器的傢伙忍不住出聲調侃，「學妹，妳如果要站上舞台，最需要的可能不是歌喉或彈奏技巧喔。」

此言一出，其他人全都笑了出來，就在我不曉得該怎麼回話才好時，另外一個雙手握著鼓棒的傢伙則說：「欸，顧慮一下我們鼓手的感受好不好，我們平常都坐在舞台最後方，觀眾已經很難看到我們了，妳要是再站上去，大家就更以為鼓聲是 key 進去的，因為整組爵士鼓都被妳擋住了嘛。」

「舞台要加大啦！」有人笑著說。

「重點是有沒有人要聽吧？有人想唱，也要有人願意看、願意聽啊！」再有人補上一槍。

現場頓時就亂了，那一團的傢伙說話毫不客氣，連一旁剛練完吉他，還沒離去的新生們也全都不客氣地笑了出來。

「我還有個問題耶，主唱可是樂團的靈魂喔，跟團名是有相同意義的。如果她當主唱，那團名要叫什麼？」接著這一邊又有人發難。

「『肉鬆樂團』可以嗎？」有個傢伙一出聲，立刻引來全場爆笑。

「取個含蓄一點的啦，叫做『發糕』好了……」

那之後的一切都失控了，我搬著東西的手忽然失去了力氣，不敢抬起頭來，但我能感受得到，包括阿偉在內，這兒沒有一個是我的朋友。如果是朋友，他們不會這樣嘲笑我；如果是朋友，朋友不會看不起朋友的夢想。我好像闖進了一個根本不屬於我的世界，充滿尖銳的荊棘倒鉤，撕扯著我每一吋的靈魂，而我無處可逃。那些音箱、導線，還有各種音響器材，全都成了困囿我的牢籠，讓人寸步難行，我只能任憑這些利刃般的嘲笑聲把我刺穿。

「真是夠了，你們講話不能留點口德嗎？」就在我顫抖著雙腳，幾乎快要站不住，想要找個大音箱躲藏自己，以閃避他們的笑聲時，終於有一道曙光照射進來。那道光芒足以屏蔽一切訕笑，宛如聖潔的天使或神祉降臨，靈光到處，所有汙穢的陰雲立刻被驅散。晉佑皺著眉頭，叫他們全都閉上嘴巴。

「妳想唱歌嗎？」他沒理會別人詫異的眼光，走到我面前來。

我點點頭，管不了自己現在有多麼狼狽。因為搬動重物，我滿頭滿臉都是汗，頭髮凌亂而衣衫邋遢，再加上被那一陣嘲笑，臉上更滿是不安。他注視著我，他一定看到我臉上很多粉刺，臉頰上有幾顆又紅又腫的痘痘，更有幾滴要掉不掉的眼淚在眼眶邊打轉。

「別理那些人的無聊話，也不用把他們放在心上。有興趣的話，我教妳唱歌，要不要？」他是這麼溫柔地對我說的。

一道曙光之後，未必就是整天的豔陽高照。

——高嘉郥

11

「做人要不要這麼委曲求全呀？都被人這樣踐踏了，妳還要厚著臉皮去嗎？」原本只是說好了來吃消夜，但因為高嘉鄖在學生宿舍服務久了，舍監致贈一千元的學生餐廳福利抵用券，他特別請我吃一頓滷味，順便探聽我的「夢想完成度」，不料聽我講起的，卻盡是在社團當苦力還被嘲笑的經歷。

「起碼是有點收穫的啦。」大口咀嚼著免費的食物，我也告訴他，關於晉佑願意教我唱歌的事，同時特別強調，那天晉佑的出面解圍，對我而言真的有如曙光乍現，為我帶來一個嶄新的未來。

「曙光乍現？曙光乍現又怎樣，那就表示整天都有豔陽高照嗎？我看也未必吧？不然一清早出大太陽，卻到了午後就下西北雨是怎麼回事？還有呀，欸，我有一點懷疑喔。」他瞇著眼睛問我，「妳到底是為了那個鬍子男而去的，還是為了音樂而去的？妳的夢想到底是在舞台上，還是在跟他相處在一起？」

「這麼容易就被你察覺到了嗎？」我一愣。

「拜託，閉著眼睛都看得出來好嗎？」他指著我的臉，「妳臉上分明就寫了『我想吃掉鬍子男』這七個字。」

我不知道高嘉郞是怎麼看出來的，但他說了，講到晉佑時，確實從我眼中看到了不一樣的光采，那是他以前從來沒見過的眉飛色舞。

「高姊姊，你真的好善解人意！」我不由得驚嘆。

「開玩笑，姊姊也是過來人，知道什麼叫做暗戀好嗎？」非常噁心的，他吊著嗓子還拋過來一個媚眼。

◉

「發音的時候，不要只用到喉嚨或鼻腔，妳摸摸肚子，這裡。」示範了一下，稍微按了按他自己的腹部，晉佑告訴我，唱歌時應該讓自己的腹部有微微縮緊的感覺，用腹腔的力氣唱出來，歌聲才會渾厚。

那是一種多麼抽象的解釋哪？從小到大，喜歡載歌載舞的我當然也聽過許多次這種說法，但腹部用力到底該怎麼做？肚子有微微縮緊的感覺，我只在拉肚子的時候有過這種經驗。

他要我試著這樣發音，但聽了之後卻搖搖頭。這次他不是按自己肚子，而是把手直接伸了過來。當掌心碰觸我的身體時，我只覺得自己幾乎都快溶化了，天哪，二十年來，這是第一次有男人把手貼上我的身子，要換作是古代，這就稱得上我們有肌膚之親了！

「喂，出聲音啊。」手已經貼了上來，但我還癡癡傻傻的，晉佑喊了我一聲。

該出什麼聲音？呻吟嗎？要呻吟的話，那你手掌可能還得上下再動一動喔，光是這樣摸著可是不夠的……我心猿意馬地幻想著，但忽然又回過神來，是了，這兒是練團室，現在是下午三點，我剛考完文字學小考，現在正在為了夢想而努力，當下趕緊收攝心神，隨便哼了兩句，一邊發聲的同時，也小心翼翼地維持著收小腹的狀態，就怕一圈圈肥油把他的小手給震壞了。

反覆練習了幾次，總算慢慢抓到要領。晉佑算是很優秀的老師，他睜著圓亮的雙眼，不斷觀察唱歌時的我，從我鼻翼的縮張，到喉嚨的顫動，乃至於有時把手伸過來，感覺我腹部的鬆緊，一邊又從我歌聲中去仔細斟酌，告訴我那些咬字該怎麼留意，也不斷提醒，唱歌絕不是如此緊張嚴肅的，要我在逐漸習慣腹腔用力的唱法後，記得也讓身體「鬆」一下來。

社窩裡不斷有人進進出出，這小練團室有個透明玻璃的大窗子，任誰都可以在外面探頭探腦，有些人看到裡面只有我跟晉佑獨處，臉上露出了訝異的表情。

「你經常教別人唱歌嗎？」我忍不住問他。

「去年有開主唱的課，不過效果不好。」他搖頭說：「通常老師教歸教，學生也不會照著練。大家都一樣，玩團是為了爽，唱歌也是為了爽，只求開心就好，沒幾個願意認真練習的。今年這一班的主唱課，我看也差不多，大家根本只是來聊天的。」

「所以我算是你的唯一弟子囉？」我眼睛一亮。

「勉強算是。」他笑著說：「但前提是妳得認真，不然為師就把妳逐出門牆。」

我當然會認真練，而且練得比誰都勤。我會讓你感到驕傲，會讓你覺得能收我這個徒弟，是上天莫大的榮寵。抱持著如此信念，只要不上課時，我總窩在宿舍大聲唱歌，無論是音階也好，或者幾首簡單的曲子也好，我總是哼哼啊哈地胡亂唱著，唱到小主都聽不下去了，直接過來敲我房門。

「妳到底是身體不舒服，還是心情不美麗，非得要這麼鬼哭神號一整晚？」她一臉疲倦地問。

「妳聽不出來我在唱歌嗎？」我很訝異。

「完全不覺得。」結果她搖頭。

把音響關掉，忽然變安靜的空間還真讓人有點不習慣。小主坐在我的床緣，隨手翻看那幾篇樂譜，卻忍不住打了兩個大呵欠。

「妳很累呀？」

「累倒還好，只是很煩。」她伸伸懶腰，說二年級之後的課業壓力變得好大，英文系嘛，總是有背不完的單字，再加上那些文法修辭跟寫作練習，都快把人給逼瘋了。

「那妳應該放鬆一下，來唱歌吧！」我試著邀請她。

「別開玩笑了。」她斷然搖頭，拿著歌譜說平常映入眼簾的已經都是英文了，現在還要一起唱英文歌，簡直是地獄中的地獄。

「我們又不是只有英文歌可以唱。」

「重點不在於唱什麼語言的歌，我看妳去那裡，主要目的應該也不只是唱歌，對吧？」她踢我一腳，又問：「怎麼樣，妳跟他合唱了沒？」

「只有發音練習的時候有合唱。」我黯然。

其實別說是跟晉佑合唱了，儘管當了他唯一一個學歌唱的學生，在社團裡想找個團來接納我，讓我擔任主唱，也很困難。

「不好意思，學姊，我們想找同一屆的，以免過兩年可能還得重新再找主唱，那樣會很麻煩。」低我一屆的新生們是這樣婉拒的。

「主唱啊？我們已經有了呀，目前也沒有雙主唱的考慮耶。」跟我同屆，或者更高年級的樂團則這樣回覆我。

會不會那些都只是推託之詞，他們其實只是嫌我又胖又不好看呢？小主回房後，我坐在椅子上，掐掐自己肚子厚厚的兩大圈，還不小心從肉縫間搓出一點洗澡沒洗乾淨的髒髒，手指湊到鼻尖一聞，幸虧沒有臭臭。

跟著我把鏡子拿過來，仔細端詳一下自己的臉。痘痘好不容易是消了，可是鼻頭的黑粉刺清晰可見，我把度數不算太深的近視眼鏡摘下來，認真研究，並評估如果哪天躺上手術台，也許可以從哪些地方下刀？首先開眼頭是必要的，割個又深又長的雙眼皮也是必要的，除此之外，臉頰能否再瘦一點？也許我需要來幾支肉毒或消脂針，把過於肥滿的部分都消除掉，能像小主那樣有個尖下巴是最好不過了，最後則是雷射淨膚，將那些坑坑疤疤都處理掉後，再稍微修個眉毛，應該也就天下太平了吧？

主唱需要的，有時未必是歌喉，更重要的其實是群眾魅力，那才能製造演出時所能呈現的最佳效果。我記得晉佑也曾這麼說過。是呀，世界上哪來那麼多江蕙？真正的實力派，百中都難選一吧？滿街的偶像有幾個是真正能唱的？剛剛我就是這樣跟小主說的，或許人家不選我，考量的就是這一點。

沉吟思索了半晌，我在想，歌唱的本領固然重要，但並非絕對。又打開音響，雖然是半夜一點多，但我只象徵性地將音量減少了一點點，一邊手舞足蹈，一邊從側面的穿衣鏡看看自己，這樣有魅力嗎？有吸引人嗎？能站在舞台的最前面嗎？我真的會遮住後面的鼓手嗎？應該不至於吧？邊唱邊跳，這回我有稍微克制，不敢再用力跺地，就怕樓下的房客三更半夜不睡覺又在吃泡麵。

正扭著身軀，房門忽然有人敲擊，本來以為又是別人又來抗議，然而門一打開，卻是小主又回來了。

「妳在幹嘛？」見我稍微動一下就滿頭大汗，她納悶地問。

這該怎麼回答呢？我正想擬出一個能完整表達意義的標題，比如「厚片型主唱是否造成樂團演出之視覺反效果之研究」，但小主沒理會我的躊躇，她說回房間後，面對著那些乏味的原文書想了又想，最後決定給自己一個機會。

「什麼機會？」

「妳不是說沒人願意找妳當主唱嗎？這樣吧，我們反其道而行，與其去求別人，不如讓他們自動來找我們。」她說：「我也是社員耶，我跟妳搭檔，組個雙主唱的樂團，開放其他人來報名，換我們來挑選樂手，妳看怎麼樣？」

「真的嗎？」我又驚又喜。

「當然，幹嘛讓別人壓著打，對吧？現在該我們來做主了。」豪氣干雲的，她說：「不過現在我有點餓，妳有空嗎？我想吃關東煮跟熱狗。」

不會自己來敲門的，除了愛情，還有夢想。

12

初秋的天氣，雖然不像夏天那麼熱，偶爾有陣風吹來也挺涼爽，但穿著這套太合身的衣服，難免還是稍微悶了點。小主說既然要改頭換面，當然衣服也得調整一下。這話似乎有些道理，因為還肩負練團室的打雜工作，通常我去社團，總穿著一般的舊上衣跟牛仔褲，腳下踩的也是雙舊布鞋。

配合小主的提議，今天我特別換了另外一套好看的粉紅色衣服，再搭配黑色長褲，也改穿一雙休閒鞋。雖然好看許多，不過就是太貼合身體的線條了，舉手投足好像很不自然，我深怕自己一舉手，搞不好就把腋下給撐破了。

「妳去吃喜酒嗎？」一到社團，阿偉就納悶地問。

沒有回答，我只橫了他一眼。社團辦公室的空間有限，再劃出小教室跟練團室之後，剩下的空間也只夠擺放兩張老舊的事務桌。我從其中一張桌子旁邊的書架上拿起資料夾，稍微瀏覽裡面的資料。那上頭填寫了所有社員的名字，附註一欄則標示了各自所屬的樂團名稱。

「還沒組團的社員其實還挺多的嘛。」說著，我擱下資料夾，改拿起一枝白板筆來，在懸掛牆面的白板上，那些諸多社員留言的最後一條，寫下斗大的「徵團員」三個字，附帶註記著我要吉他、貝斯跟鼓手，而署名則是周阿胖。

「該不會穿這樣就是為了面試樂手吧？」他咋舌。

「怎樣，有問題嗎？」

「應該很不舒服吧？」他側眼問，而我小幅度地舉起手來，隨便擺動了兩下，說那倒也還好，結果阿偉呸了一聲，說不舒服的其實是他的眼睛。

「幹。」於是我就罵髒話了。

小主比我晚一節課才能脫身，人還沒到。依照日常，我放下包包後，還是得幫阿偉做事，只是今天這套衣服果然不適合粗重工作，尤其昨晚練習之後，那個四年級的樂團非常差勁，居然把音箱疊了起來也不歸位，害我們得扛上扛下。

阿偉一向只是短褲拖鞋加背心，他自然不受影響，但我可就慘了，腋下的汗都滲了出來，粉紅色上衣濡濕後在脅下形成兩塊深色痕跡不說，黑色褲子也染了一堆灰塵，我彎腰去調整音箱角度時，還聽到有縫線綳裂的聲音，急著伸手去摸，幸好褲底還沒破洞。

知道今天小主要來，阿偉嘮叨我怎麼沒有事先提醒，起碼他可以換套像樣的衣服。社團男生居多，女性雖然也有，但要挑個溫柔賢淑又氣質超群的，實在屈指可數，那一類清純可人的女孩兒，要嘛選擇古典樂，再不也被吸引去樂風比較溫和的吉他社了，根本不會來我們這兒。

「所以妳要跟美女學妹組團呀？」他立刻自告奮勇，說要擔任我們的貝斯手。

「別人我還考慮考慮，你的話就免了。」這回終於輪到我可以擺出嫌惡的眼光。

阿偉原本也有玩團，但去年解散了，從此之後他退居幕後，在校內許多演出場合擔任音控人員，逐漸也發展出自己的興趣。

之前我曾聽他說過，日後除了以錄音室的工作為目標外，一些展演單位也都是他有意考慮的方向。一個已經窩在幕後的人，會忽然想重拾樂器上台，他說這是音樂夢還不死，我說那其實是癩蝦蟆想吃天鵝肉。

比起其他社團，我們這兒最有特色的地方，應該是社員們出現活動的時間。

除非是有安排教學上課，否則一整個白天，社團往往門可羅雀，小貓都沒幾隻，但每天傍晚過後，人氣就會開始活絡，也不曉得從哪裡冒出來的，資深社員們會一個個陸續出現在社窩，有些人來吃飯，有些人來聊天，有些則是來玩玩樂器，或者一整團來借用場地練習。

算準了人潮較多的時段，我跟小主約在第七堂課結束後的黃昏，只是等了又等，奇怪的是今天卻沒幾個人進社窩，而進來後，他們也沒有認真地注意白板上的徵人訊息，反倒三三兩兩聚集著不曉得竊竊私語什麼。

搬完音箱後，我重新將地板掃過，阿偉則確認各種線路無誤後，繼續進行音場的測試。趁他忙碌時，我終於忍不住好奇地走出來，剛剛那幾個在聊天的社員，這時也轉過頭來看向我，臉上是一副「我有話想說」的表情。

「怎麼了？」

「妳們如果真的用雙主唱，上了台要怎麼站？」有個傢伙問我。

「一邊一個吧，怎麼樣了嗎？」我愣在那兒，心想這些人就算看到了白板上頭所寫的內容，也頂多知道是我想找人組團，怎麼會連雙主唱安排都曉得了呢？

「妳確定這樣真的好嗎？」另一個傢伙居然笑了出來，說：「妳能想像一個畫面，是表演會場的觀眾席上，這邊擠滿了人，大家拚命想往前衝撞，另一邊卻空蕩蕩的只有板凳而已嗎？」

他的話才說完，旁邊那幾個人忍不住也哄堂大笑，還有人說那根本不叫演唱會，根本是美女馴獸師牽著粉紅豬上台，後面鑼鼓喧天在伴奏，應該叫馬戲團才對。

我尷尬不已，心口隱隱覺得痛了起來，怎麼會這樣呢？風聲提早走漏了。原來在他們想像中，我跟小主一起上台，竟是這樣不堪的畫面嗎？我不曉得該怎麼跟這些人辯駁，只好轉頭就往外走，但背後還傳來他們戲謔的笑聲，有人說舞台上最好擺個火圈，跳得過去就有掌聲，跳不過去就準備請觀眾吃烤乳豬……

我努力告訴自己，這些屁話不值得多聽，他們只懂得以貌取人，全世界只有晉佑一個人才能看見我的夢想，也只有他跟小主才是唯一支持我的人。枉費這些傢伙都是熱音社的社員，卻不知道音樂真正吸引人的地方，根本不只是舞台上的視覺畫面而已，最重要的是音樂，是歌聲！遲早有一天，我會用晉佑教我的歌唱技巧，讓你們全都無話可說！

走沒幾步，心頭開始湧起一股不服輸的氣憤，我很想折回頭去，賞每個人一巴掌，但這樣未免太沒風度。這種動手動腳的一般見識，我認為太過失格。但話又說回來，這口氣能吞得下嗎？我咬著牙，繼續往走廊外面去，不能扁他們一頓，那至少這當下讓我靜一靜吧？

走廊盡頭就是建築物的大門，這一棟三層樓高的房舍，裡頭擠滿幾十個社團。我經過別人家的社窩時，絲毫不為他們門口張貼的各色海報所吸引，眼裡只看得見出口方向。大踏步的，我走了出去。然而門口沒有清涼晚風，沒有足以讓人冷靜片刻的舒爽，玻璃大門前的台階上擠滿了人，十來個傢伙把狹窄的出口都擋住了，讓我幾乎連側身都擠過不去。

也就在此時，有人發現到我，還叫了一聲「周阿胖」，人們紛紛轉過頭來，又對我投以訕笑眼光。

我先是愕然，緊接著就發現，這些聚集的傢伙們，不就是本來早該到社窩報到的熱音社社員們嗎？

「天使與魔鬼的組合！」

「我看是美女與野獸吧？」

「是靜香跟技安妹才對。」

最後一個人說完，我居然聽到一陣叫好的掌聲。

世界在這瞬間崩潰，一切都走到盡頭，我眼前一片黑，差點就要暈倒，在失神中，這回我看到的是兩道光，小主攙住我的手肘，她對那些不斷嘲笑的傢伙們責備了幾句，叫他們把臭嘴全都閉上，而另一邊托住我背部，沒讓我直接倒下的，是一雙堅毅有力的雙手，晉佑直接罵了髒話，叫大家都滾開點。

我被穩住了，世界還在，雖然裂痕又寬又深，深得好像可以把一切都吞噬進去，但沒關係，至少地球還沒毀滅。我努力定了定神，看看這兩個剛剛被圍在門邊，顯然是今晚主角的一男一女，本來想感激地說上幾句，但在那一瞬間，突然又覺得眼前一黑，世界還是崩掉了一大半，我彷彿聽見板塊擠壓後，火山轟隆隆炸開的巨大聲響。

小主鳳眉一軒地瞪了那些好事之徒後，轉頭看我時，臉上是憂心的表情，但再看向晉佑時，卻流露出溫柔的目光；同時，晉佑也正以憐惜的神采對她。他們像在搬一個大花瓶似的，一左一右分立兩邊，而我……就是那只花瓶。

沒了技安妹，你們還能看見靜香的美好嗎？

是的，從那天起，我忽然多了好幾個綽號，有人叫我粉紅豬，有人叫我技安妹，又或者像晉佑他們樂團的鼓手胖胖，他比較有點想像力，說我跟小主站在一起時，小主就像個走出童話故事的可愛女孩，置身在一個早餐場景中，晨光從明亮的玻璃窗透入，平底鍋上荷包蛋滋滋作響，白色馬克杯上有個紅色愛心，女孩的馬尾擺動，與此相同頻率的是她明亮有神的大眼睛，彷彿對這世上的一切充滿好奇，而這就是個少女正眨眨眼，準備對世間展開探索的一天清晨。

「那我呢？我不在場景裡面嗎？」我問胖胖。

「當然在呀。」胖胖說：「妳就是女孩手中的肉鬆厚片吐司。」

「沒有好一點的角色嗎？」我皺眉。

「不然妳演泡芙也可以。」他聳肩。

面對全世界的嘲笑，我都可能感到些許難過或傷心，但就唯有胖胖的吐槽例外，因為不管我再怎麼有分量，他的體重起碼都是我的一倍以上，就跟去年聯誼時的那個油罐一樣。如果我是早餐的泡芙、是肉鬆厚片，那麼不折不扣的，他們肯定是中元普渡時被攤平擱在桌上的大豬公。

「好了，這一段再來一次。」叫胖胖他們別打岔，晉佑指著樂譜上標註的部分，叫我跟小主分別再練唱一次。明明是個男人，他卻很懂蔡依林在〈大藝術家〉裡面忽輕忽重、忽實忽虛的演繹方式，他說這首歌的歌詞又多又長，要是每句話都中氣十足地唱出來，那不叫唱歌，而是演講，但如果咬字都虛掉了，也不算好的唱法，充其量只能跟唸經唸到忘詞差不多。然後他拿枝紅筆，在歌詞上不斷標註，將一些連接詞都圈起來，要我們唱著唱著，只要遇到了這些紅圈圈，就把音量放低，把氣給放掉。

一個下午的練習，我在不斷鬆緊變化中，徹底折磨腹部肌肉，以至於終於到了傍晚，總算可以休息時，居然肚子痛到吃不下飯。

「不吃可不行，」晉佑才不管我的咳聲嘆氣，他說從今天起，炸的不能吃，辣的不能吃，任何會傷喉嚨的食物都不能吃。

「只有炸跟辣的不行嗎？」小主收拾著樂譜問。

「最好連冰的還有海鮮都別吃。」晉佑提醒，「妳黑眼圈有點明顯，是不是沒睡好？記得保持良好的睡眠習慣，這對唱歌也有影響喔。」

「難道你都早睡早起嗎？」

「不知道的人還以為我們玩團的都夜夜笙歌，抽菸喝酒樣樣來，但他們都錯了。」晉佑搖頭說：「一個敬業的主唱，會讓自己的喉嚨永遠保持在最佳狀態，我們謝絕一切可能的傷害。」說著，他把自己的東西收拾好後，忽然俏皮地笑了笑，又補了一句，「如果是阿胖，我就不擔心，但妳的話要特別注意一下，約會的時候，跟男朋友『喇舌』要留意，舌頭不要伸太進去，免得刮傷喉嚨。」

我一口水差點噴了出來，真沒想到平常斯文莊重的晉佑學長居然會說出這種話，而一旁的小主則羞紅著臉，說她沒有男朋友。

然後社窩裡就亂了，那些本來都在忙著各自事情的傢伙們，這時忽然紛紛舉手，爭先恐後地報名擔任小主的男友。

「省省吧，你們！」我沒好氣地說：「通通都給我滾開點，別像茅坑裡的蒼蠅一樣繞著我們飛。」

「妳確定是『妳們』？」阿偉哼了一聲。

「我們沒有要包山包海，我們只鎖定了一個目標喔。」又一個傢伙說。

「學妹，我們樂團決定換主唱了。」這句顯然不是對著我說的。一個我不曉得幾年級，只知道他是吉他手的學長直接對小主開口，「本團只有一個規定，就是主唱都得是吉他手的女朋友，來參加吧，好嗎？」

一群人笑鬧著擠進圖書館旁邊的便利商店，人手一瓶飲料，大家都搶著要幫小主付帳。瞧那一張張臉上諂媚狗腿的表情，我幾乎笑到彎腰。晉佑問我跟小主如果真想組團，是不是打算從這些人當中挑選出適合的樂手人選？

「之前不是嘲笑我是馬戲團的表演豬嗎？哼，如果拿著火圈的是小主，我看他們還擠破頭地想跳呢。」我嗤之以鼻，不屑地說：「這些嘴臉哪，老娘可不敢恭維。」

「不敢恭維，那妳幹嘛還去？」一邊認命地陪我逛大街，高嘉郎問。

「一簍爛橘子當中，總能挑出幾顆像樣的嘛。」我苦笑著說：「只要有耐性的話。」

「我看很難吧。」他搖頭，問我鬍子男的事情現在又如何了。

「就這樣呀，我跟他們樂團的人一起吃過幾次飯，晉佑很愛吃百頁豆腐跟糯米腸，飲料就只喝低糖寶礦力。」

「他穿什麼牌子的內褲都不干我的事，妳講這些給我聽幹嘛？」

「是你先問我的耶。」

「我是問妳，妳跟他在一起了沒？」

「還沒。」我很坦然地搖頭，說：「我只是先知己知彼嘛。」

「真是夠了，知己知彼之後，要怎樣才能百戰百勝，妳知道嗎？」他用一副受不了我的表情說：「重點是妳要出手呀，光會在那裡打聽他的生辰八字有個屁用！」

「你以為我不想嗎？就沒有適當機會嘛。」我嘆口氣。

因為晉佑的一句話，所以我才把高嘉郎從他的宅男天地裡拖了出來。那天，我趁著小主還沒到社窩前，假借請益的名義纏著晉佑，想著跟他多相處片刻也好。聊到唱歌，他建議我跟小主，如果想知道自己唱歌的優缺點，不妨在自家電腦安裝錄音軟體，另外再準備一支麥克風。初學主唱當然不需要太高規格的設備，但把自己的歌聲錄下來，或許能聽出箇中的問題，也比較好針對狀況來進行改善。為此，他除了捐出一支自己的舊麥克風外，另外也有別團的學長樂意資助，不過對方指名了要給小主。其實這樣更好，比起陌生學長的口水味，我當然更希望能跟晉佑「相濡以沫」。

只是，我原以為裝一個錄音軟體難不倒人，只要上網搜尋一下，隨便下載來安裝就好，但沒想到下載後卻困難重重，最後整台電腦幾乎都跑不動了。束手無策之餘，我打電話給高嘉郎，那個沉迷在他宅男世界裡的傢伙禁不起我再三央求，只好出門一趟，而檢測之後，他說我之所以無法執行安裝，原因在於電腦太過老舊。

「搞了半天，真正想到的東西還沒能到手，平白無故卻要多花一筆大錢，還連累得我出來陪妳走這一趟。」

「陪我出來很無奈嗎？」

「我只是看不慣妳這死氣沉沉的樣子，活像一隻跛腳又冬眠的袋鼠。」他說：「又不是大冬天的，妳別七早八早忙著睡覺，快點振作起來，發揮妳活力十足的本色，用力跳幾下，把這個烏煙瘴氣的破爛世界給踩碎了吧！」說著，他居然還跳了幾下給我看。

「袋鼠會冬眠嗎？」我有點懷疑地看著他，「再說，我現在不就正在為了改變世界而努力嗎？」

「換一部新電腦，或者把歌練好了，就可以改變這個世界嗎？」陪我去了一趟NOVA，在許多店家到處比價後，他擬出一份購買清單。本以為我們今天會在現場買齊東西，然而他說那是石器時代的組裝方式了，這年頭，行家都在線上採購，由廠商組裝完成後才寄來，省錢省事省力氣。

「廢話，要改變世界，當然是等我們在小巨蛋開了演唱會後才開始。」我說。

「其實我很搞不懂。」他停下腳步，對我說：「社團裡那些人老是對妳冷嘲熱諷，總是口無遮攔地亂講話，為什麼妳被那樣羞辱之後，還願意待在那個地方？是因為真愛無敵嗎？還是妳真的那麼喜歡音樂？」

「那些傢伙狗嘴裡吐不出象牙，老實說，從第一天我進社團時就知道了，這一點，除了把他們全都砍掉重練之外，只怕是無法改變的。但我也不是永遠被動挨打啃，你可別小看我了。」我跟高嘉郥說，因為肩負著協助管理練團室的責任，所以任何人只要有借用場地的需求，就非得看我跟阿偉的臉色不可。那些膽敢對我出言不遜的傢伙，其實也都有對我低聲下氣的時候。

「那只是因為他們有求於妳而已，如果他們不借用場地的話，就可以繼續過著不把妳放在眼裡的日子呀。」他說：「說真的，我都替妳覺得不值。」

「放心啦，沒事的。再說了，現在有小主給我撐腰呢，有她在，別人跟我講話時也不敢太過分。」我拍拍他肩膀，指著對街天橋下的店家，說：「看在你對我一片癡心，願意處處為我設想的份上，我請你吃拉麵。」

「不是才剛吃過早餐嗎？」他說的是我們剛抵達 NOVA 時，手上各自捧著的一袋蛋餅。

「那已經是一個小時前的事情了。」我聳肩。

莫可奈何地陪我繼續往前走，夾纏不休的高嘉郥也不管拉麵店員要把我們領往哪個座位，只顧著勸我，「我是說真的啦，妳還是趕快離開那個是非之地吧，熱音社真的不適合妳啦。」

「會嗎？我倒覺得還挺適應的呀。」

「怎麼可能！就算有小主罩著，妳也永遠只能當一個影子、一個陪襯的角色。不如這樣，看在我們交情深厚的份上，妳聽我一句勸，換個地方吧，找一個真正的歸屬。妳需要的是一個能夠讓妳擁有完全獨立與健全的人格，並且可以被真正視為的至寶的環境。」

「世上真有這樣的地方嗎？」我忍不住停下腳步。

「當然，唯有在那裡，妳這支棉花糖才能五彩繽紛，活出屬於妳自己的顏色，而不是像現在這樣，要黑不黑，要白不白的，非常難看。」

「少囉嗦，到底是什麼地方？」

「資研社。」

「哇靠，饒了我吧！」我說。

不經風雨的船舶，就不懂港灣的溫暖。

儘管並不餓，但高嘉鄖沒有反抗的餘地，特別是在我肚子發出一陣飢餓的咕嚕聲後。味噌香氣瀰漫的日式拉麵店裡，我們被安排在最角落的位置，一支可愛的鯉魚旗橫掛在高嘉鄖頭頂上方，非常滑稽逗趣。我在踏進店門之際就已經開始盤算，至少要先來一大碗的味噌豚骨拉麵，不選地獄口味，那是因為晉佑說過，主唱應該盡量避免吃辣。吃辣的渴望可以被克制，但要是連炸豬排都不點，就真的太對不起店家老闆了。

勾選大碗拉麵跟單點豬排後，我還要一份炸豆腐、兩顆溏心蛋，此外還有一碗茶碗蒸。高嘉鄖咋舌不已，他的肚子只能裝得下一碗醬油拉麵，而且還是小碗的。

「妳剛剛說了，現在大家對妳客氣，那是因為有小主在，是嗎？」哪壺不開提哪壺，他還在上一個話題裡。

我點點頭。最近幾天，除非特別要找晉佑，否則我都是等小主下課後，才一起相偕前往社團。有她在，確實連我也跟著威風起來，有些學長會請喝飲料，有些人提供他們珍藏的樂譜，要練唱時，還有人幫忙架設麥克風跟測試音量，甚至連阿偉都願意撥空蹺課過來，從音控台幫忙錄音。

「妳有聽過一句話，叫做一人得道，雞犬升天吧？」明明桌上什麼也沒有，但他已經掰開筷子，在那裡指手畫腳地說：「妳都沒有想過嗎？不對，妳自己一定也很清楚，那些人忽然開始對妳客氣，當然是因為小主的緣故，美女比較難討好，那就討好她身邊的跟班，對吧？就像那些要去員外家拜訪的客人，總得先掏點碎銀子或銅錢，給負責通報的管家一樣。」

「有比較好的比喻嗎？這年頭應該沒有多少年輕人會看『戲說台灣』這類節目了吧？」我皺眉頭。

「少囉嗦，我只是想提醒妳，要正視這個事實。妳自己好好想想，想想那些人對待妳的前後差距，就知道他們都不是真心的。」

「哎呀，你說的這些，其實我都一清二楚啦。」我試著讓自己坦然點，伸手先推了推鼻梁上快滑下來的眼鏡，把桌上擺得很整齊的筷子又挪了一遍，這才說：「他們是什麼心態，我根本就一清二楚。老實講，這些年來，我跟小主在一起，這種場面我也遇過很多次了，並不特別稀奇。」

「對我來說呢，那些人客氣也好，不客氣也罷，我都不是很放在心上，因為確實兩個人站在一起，誰美誰醜非常明顯，強辯也沒用。他們想追小主，想跟她多親近一點，那是理所當然的事。有些人，小主願意稍微青睞一下，那是她自己的選擇，但有時候遇到那種一直想黏上來的討厭鬼，她不方便讓人家碰釘子時，身為她的閨密，當然也就只好由我來扮黑臉了。

「你再想想，認真想想喔，如果黑臉是由我來扮，那該分好處時，是不是我也應該分一份呢？他們為了避免被我宣判出局，本來巴結奉承一下我也是應該的，更何況我又不是什麼好處都拿走，只是分小主的一杯羹而已。小主願意分我、他們願意送我，我幹嘛要拒絕呢，對吧？」

「但妳也知道，一旦沒有小主，他們就會恢復成原本的態度。說真的，我實在很不希望看到妳又被那些人無端刺上幾刀的樣子。」

「高姊姊心疼我嗎？」我笑著拍拍肥肚子，說：「放心吧，我皮粗肉厚，想刺穿也不容易呢。你說的這些我都知道，但那又怎麼樣呢？」

「是不怎麼樣，」他搖頭說：「我只是不懂，為什麼妳當一個影子，還能當得這麼開心。」

「想知道原因嗎？」我笑著說明，「因為在你看來，我好像只是影子、是管家或跟班一樣的角色，但只有我跟小主心裡清楚，我們是精神與思想都各自獨立，但靈魂與生命卻又不能分割的兩個個體，互為表裡，相依為命，這叫做友情，或者你也可以稱之為義氣。」

高嘉郎說這種感覺他很難明白，因為他是家中獨子，從小到大，他跟主機板、記憶體或螢幕上顯示的畫面聊天說話的次數，比對平常人開口的次數還要多上許多。不過儘管不同意我的態度，但他也強調了，畢竟人各有志，他會保持尊重，特別是會保持到那頓拉麵大餐吃完為止，以免我心生反悔，叫他自己掏腰包出錢。

但那天離開市區後，他還是忍不住提醒，說為了這種義氣，只怕我會付出很多代價，而我點點頭說我懂。

「妳真的懂？」

「我真的懂。」那時，我就是這樣點頭的。

義氣是需要付出代價的，當我氣喘吁吁地提著一大袋從超市裡買來的補給品，慢條斯理走上樓時，摸摸肚子、摸摸大腿，我嘆了口氣。那些來自四面八方，讓小主卻之不恭但實在不想吃的東西，什麼馬卡龍、蛋糕、鬆餅，還有各式各樣女孩子可能趨之若鶩，但她卻敬謝不敏的甜點，這些年來我不曉得替她解決掉多少，而這也多少造就了我今天的局面。什麼是義氣的代價？這應該就是了吧？還好替小主擋掉蒼蠅跟甜點，並不能算是一份正式職業，否則我也許可以跟勞保局申請職業災害補助金。

是的，為了義氣，難免得要付出一點代價。這些年來，我確實常有這樣的感受。

在社團裡，我們依舊沒有徵選到適合的樂手，儘管大多數人都抱持著躍躍欲試的態度，卻沒有勇氣踏出正式報名的臨門那一腳，再說，小主只有練唱的時候才會來，真有人想問徵選團員的細節，也只能跟我談，而當我明確地告訴他們，這個團一定會以雙主唱的方式進行時，他們就會打退堂鼓。

對於那些只為了小主而來的傢伙，我會極盡所能地挑三揀四、嫌東嫌西，要嘛嫌他們的音樂資歷太淺，再不就對他們習慣的曲風露出面有難色的表情，說那跟我們想要的風格不符。有些人很露骨而直接，在面談時就問我能不能給小主的手機號碼或臉書帳號，我一概搖頭，告訴他們，這個團雖然還沒成形，但一切事務都由我負責聯繫，想要電話，要我的就可以。

那天約在校外的音響器材行。晉佑跟這兒老闆很熟，他特別情商過了，要帶我們一起來看看各種不同的音控設備，讓兩個沒玩過樂團的女徒弟好好認識一下音樂演出與音控分流的概念。但非常可惜，小主因為還有系上的分組討論，難得地必須缺課。

在器材行裡稍微講解一下後，晉佑說既然少了一個學生，為避免進度出現落差，乾脆今天也不回去指導新內容了，只叫我有空多練習以前講過的東西。

不學新進度嗎？臉上裝出惋惜的表情，但其實我心裡歡欣不已。就算小主沒有跟我搶晉佑的意思，但多了她在，總是有點不方便讓我們聊天。她有事要忙，這可是天賜良機，我有很多必須跟晉佑獨處時才能問的問題，現在正滿腦子盤轉，準備把握這個好機會。我想知道他為什麼單身、喜歡什麼樣的女生、對女孩子的胖瘦會不會有意見，還有，他介不介意交往的對象是同社團的學妹，也就是我本人。

「妳知道自己得罪了不少人嗎？」可惜，我一個問題都還沒說出口，當我們走出器材行時，他想了想，忽然先問我一個怪問題。

「得罪人？」他這一問，立刻讓我聯想起高嘉郿前幾天跟我聊過的話題。

「他們說妳儼然以小主的代理人自居，甚至自作主張在替她篩選團員。」

「不是自作主張，而是這件事原本就由我來決定。」我搖頭。

「但是妳對那些表明了對小主有興趣的人，是不是特別嚴苛呢？」他微笑地問。

「這個嘛，好吧，我承認確實是。」我告訴晉佑，之所以這樣做，一來是希望團員之間除了夥伴關係外，不要有太多過度的感情牽扯，以免妨礙樂團的運作；再者呢，當然也是順應小主的意願，除非她主動放水，否則我就應該多加過濾，以免把麻煩帶給她。

「妳很講義氣，但別人會覺得妳是狐假虎威。」晉佑搖頭。他說最近經常聽到類似的耳語，有些講得難聽的，他就不便轉述了，但大多數的意思都一樣，都覺得我仗著自己跟小主要好，拿著她的招牌出來招搖炫耀，故意放風聲說要招團員，但又藉此耍個性，還說如果我這麼機車，將來就算真的一起玩團，只怕也得每天看我臉色。

「都扯到哪裡去了，這些人非得把所有事情攪在一起不可嗎？」我皺著眉頭。

「人言可畏嘛。」他勸我還是低調點，再不然就是把小主找來一起做徵選面談，以免落人口舌。

「真是麻煩死了！」我嘟起嘴來。

「對了，拋開樂團的事情不談，妳真的是她的代理人兼保母嗎？」晉佑本來已經從口袋掏出機車鑰匙，準備拿出安全帽要走人，卻忽然抬起頭來，開玩笑地問：「如果任何人想跟小主接觸，都得經過妳這一關，獲得批准才可以的話，那是不是任何人寫給她的情書，也都要讓妳先過目才行？」

「我會先挑錯字，文筆太差的就不行。」我笑著跟晉佑說。雖然這年頭大概沒人告白還寫情書了，但高中時我確實有收到過幾次紙條，都是小主連拆也沒拆就交給我的，如果有錯字，或者詞不達意的，通常我直接就撕了，非得是文情並茂的才能轉給她看。

「那些人都是傻子。」晉佑點點頭，搓搓他的鬍子，說：「要是我，我會用一個更有效率的好辦法。」

「好辦法？」

「都知道主考官是誰，也知道審核標準了，我幹嘛還規規矩矩自己寫情書呢？最好的辦法，不就是賄賂主考官，甚至請考官直接代筆撰寫草稿嗎？別說過關保證沒問題了，拿個狀元及第都可以哪！」晉佑笑著說：「怎麼樣，給不給賄賂呢，周大人？」

然後我就傻眼了。

愛情跟氣象一樣弔詭，好端端一片湛藍天空，總要無端攏上一抹烏雲。

我不知道晉佑那句話是真心的，又或者只是開玩笑而已，但那真的讓我心驚膽顫，惶惶然非常不安，就怕他真的哪天跑來找我，請我代寫一封給小主的情書草稿，那我該怎麼辦？我要幫這個忙嗎？

課堂上，教《紅樓夢》的老師正在誇誇其談那些濃郁深摯的愛戀，究竟是如何地超越生死，又說情到深處無怨尤，最美的愛情不是占有，而是無私的奉獻與成全。

「成你媽個頭。」我聽到旁邊的同學低低地呸了一聲。

是呀，成你媽個頭，那些歌頌著要我們把愛情拱手讓人的傢伙，肯定都是沒真正談過戀愛的人吧？我做不到老師在課堂上說的那種偉大的愛，以前沒有，我看以後也不可能。但回頭來說更實際一點的，要不要成全，那是在擁有之後才考慮的問題，如果連擁有都談不上，那我是要拿什麼去成全別人？

《紅樓夢》是星期四傍晚的最後一堂選修課，結束後我匆匆往校門口的方向趕去，路上連晚餐都來不及坐下來好好吃完，只能隨便買點小籠包後，就跟小主一起搭上公車，急著往台中市區過去。

一路上，我們聊的都是音樂還有晉佑學長，而我這時才知道，原來小主跟晉佑之間進展神速，他們不但擁有彼此的聯絡方式，也經常在線上聊天。

晉佑就讀的是應數系，在枯燥乏味的課堂中，他有滿腹的無奈與難以宣洩的精力，所以音樂就是他的一切，也是他生命中最重要的寄託。大一那年加入社團後，他從一個對樂團生態一竅不通的門外漢，轉眼成為我們社上最知名樂團的主唱，同時也是社團的靈魂人物之一，因此他特別勉勵我跟小主，希望我們不要因為別人的眼光而感到挫敗，在音樂的領域中，就是因為還有太多的不懂，所以也才會有更多的進步空間。

「妳不要被別人的閒話所影響，懂嗎？」小主叮嚀我。

「這些話他幹嘛不直接跟我說？」

「因為全世界都知道，妳有一個壞毛病。」說著，她瞪了我一眼。

好吧，我承認自己確實有一種網路懶散病，來自臉書啦、Line 啦，甚至電子郵件之類的網路訊息，我經常習慣已讀不回，往往得等兩三天後，才在忽然想起的情況下趕緊回覆。不過話說回來，這毛病只針對別人發作，倘若今天傳訊息給我的人是晉佑，無論處在什麼狀況下，我一定都會排除萬難，立刻回覆，但問題是他從來沒有傳給我過呀。

「好了，不管怎麼樣，總之妳要記住我說的話，好好努力，知道嗎？」

「知道了。」我點點頭，說：「但妳這樣講的意思，好像妳根本不打算在社團待太久的樣子。」

「本來就是呀。」小主啞然失笑，她說自己原本就不是很喜歡整天這樣唱唱跳跳的，當初會參加社團，還有現在陪我一起徵團員，都只是站在情義相挺的立場，不想看我被人欺負而已。

「一生中能有妳這樣的好朋友，我夫復何求呢？說吧，我能怎麼報答妳？我舔妳腳趾好不好？」我感動得都快哭了。

「噁心死了。」她大笑，趕緊把我推開。

◉

今天的這場演出，是「極光樂團」第一次校外售票表演，地點選在市中心火車站附近的展演空間，地方很寬敞，觀眾也不少。一整晚總共有三個樂團輪番上陣，雖然觀眾未必都是衝著晉佑他們而來，但也可以因此累積一點人氣，提高樂團曝光度。

展演場地因為有票券販售的收入來維持場地經營，這兒燈光絢爛，場地音效也棒，比起我們社團練團室的寒酸破爛，這裡的音場顯然更加高級，而舞台效果也遠比之前招生演唱會要來得精彩。

我跟小主湊在人群中，望著晉佑穿著一身黑，略長的頭髮甩開，露出他澄澈明亮的眼神，那眼神是非常不外顯的，一般人乍看之下，只會被他的鬍子跟頭髮所吸引。但他的歌聲渾厚飽滿，在樂團夥伴的演奏聲中依然保有穿透力，嗓音的高低輕重，完全依足了他之前傳授給我們的那些概念，每一句每一句都敲擊著台下觀眾的心坎。

我在歌曲段落間，聽到旁邊有不認識的人在討論，說這組樂團很具特色，實力又好，怎麼以前都沒聽說過呢？那當下我很想告訴他們，這個團可是本校最棒的，放眼中區新生代的團體，只怕也罕有匹敵，他們出道指日可待，而我，還有我旁邊的小主，我們就是台上這位魅力十足的主唱，唯二親傳的兩大弟子，以後也要循著老師的模式，站上舞台去發光發熱。

那太美了呀，我心裡想著。有別於第一次看到晉佑在舞台上的風範，這回他顯得更加狂放，肢體語言多，歌唱技巧也發揮得淋漓盡致，無論是中文歌或外語歌，他都能夠完美駕馭。我看著看著，覺得他雖然比上次更專注在演出，卻沒有初次見面時的距離感。或許是因為我們比較熟了，他帶我跟小主去過幾個不同的展演場所，聽別人怎麼唱，也聽我們錄下的練習檔案，很細心地給予指點……有時候，他甚至還會帶我們去學校附近的幾家樂器行，串串門子也好，或者借用樂器來示範。

他告訴我們，樂團可不是主唱一個人的事，除了鍛鍊自己的歌唱技巧外，也得與其他樂手妥善配合才行。在樂器行聽他講、看他示範，我才知道，原來晉佑不只是會唱歌跟彈吉他而已，許多樂器他也都略通一二。

四首曲子很快就唱完，他跟搭檔們一起鞠躬致意，雖然有點遺憾的是，他不像那些偶像劇裡面的橋段，在台上說什麼要把今天的榮耀都獻給他最重要的女孩，並把目光投向我這邊，但起碼下了台後，他手上拿著下次演出的公關票券過來，說這是剛剛店家老闆致贈的，有幾個很棒的樂團會一起參加，如果想看更精采的主唱演出，可千萬不能錯過。

他這話是對著我跟小主說的，手裡的票券也沒有非得交給誰不可，而原本小主已經打算伸出手去接，我卻在她上臂剛要舉起之前，立刻搶先一步，伸手把票給接了過來。

「有兩張？」我心中暗喜，這是否意味著，下次看表演，就是和他獨處的天賜良機？

「對呀，給妳跟小主。」結果他依舊輕鬆地回答，卻讓我心頭一涼。

不同樂團的演出前後，是現場器材調整的時間。晉佑本來說要帶我去見識專業的音控人員是怎麼進行這些工作的，之後我回學校幫阿偉時，也可以運用這些知識，但很可惜，他話才剛講完，立刻就被幾個剛被他音樂給打動的聽眾叫住，他們包圍著他，滿臉喜孜孜地想跟這位明日之星攀談。

莫可奈何之下，我挨著人群，雖然勉強擠到了舞台前面，但對於現場的音控工作並沒有真能看懂多少，看來看去也觀察不出什麼訣竅之類的，無奈再擠回原位時，恰好是晉佑也擺脫歌迷的時候。

太好了，我心想著，這下總可以好好把握機會，跟他多聊幾句了吧？我想聽他說說上台的心得，會緊張嗎？累不累？有沒有最喜歡唱的歌？最想把這些曲子送給什麼人呢？不願像上次那樣想太多卻開不了口，這回我下定決心，一定要把握小主不在的機會，直接把我的心思對他表白。

「熱死了，又熱又渴的。」晉佑扯著衣領，額頭上還有汗珠，就在我急著要從包包裡掏出紙巾遞給他時，他已經豪邁地伸手揩去汗水，又問我怎麼一個人站在這兒？而我告訴他，小主剛剛不想跟我一起往前擠去看音控的調配，於是很難得地願意權充跑腿，先到旁邊櫃檯去替我們買飲料了。

「她自己去買飲料？這可稀奇了。」晉佑笑了。

好吧，或許真的是我想太多了，只是我很難克制得了自己，我該怎麼解釋眼前的這一幕呢？當晉佑點點頭，也沒讓我把自己想說的那些話都說出口，卻直接轉身往櫃檯那邊過去時，我看到他穿過人群，中間幾次停下來跟熱情招呼的觀眾們一一問好，然後到了櫃檯邊。那兒，小主剛付錢買了三杯飲料。他們一人一杯，站在那兒笑容可掬地聊了起來，卻忘了櫃檯上擱著應該拿過來給我的那一杯。

存在感，只在看得見你的人眼裡存在著。

16

我完全沒有想到，自己幾天前才想過的那問題，竟然這麼快就直逼眼前，簡直就像上一分鐘才看到新聞報導說有個低氣壓形成，下一分鐘那氣旋就成了颱風，而我瞬間便置身暴風圈當中。

這件事沒辦法跟任何人商量，因為我知道也沒人能給得起公正客觀的答案。算起來，星爺、小凱這些還在宿舍打滾的傢伙，他們對我的近況不夠了解；系上跟我要好的糖果或豬豬，只知道我二年級一開學時忽然加入熱音社，但究竟在那兒幹嘛，她們也不清楚；稍微再近一點的高嘉郎，那死宅男只會問我要不要跳槽資研社，跟他說是沒屁用的；而最後的最後，跟我一向關係最密切的小主，或者被我視為明燈的晉佑，他們就是這場風暴的核心，我要怎麼找他們談去？

台中演出後沒幾天，本該是一切如常的一個午後，我特別提早走進社窩，手上還拎著一大袋準備權充點心的滷味。這個時段最沒人打擾，連阿偉都還不知道正睡在第幾殿，我大可好整以暇地享受餐點，而一邊動嘴時，我的眼睛還可以理所當然地享受晉佑的秀色可餐——他們樂團下午預訂了借用場地練習，而我是管理員，隔著大玻璃窗，不但可以看見他們的一舉一動，甚至可以自由使用音控台，直接把監聽耳機掛上，聽聽裡面的練習情形。

本來我都這樣盤算好了，卻沒想到，已經到了練習時間，但負責打鼓的胖胖卻遲遲沒有現身，他們打了幾通電話也找不到人，正在疑惑跟擔心時，晉佑當下做出決定，他吩咐其他團員，有些人去查胖胖的課表，查到了就去他們教室找人，有些則直衝胖胖賃居的地方，務必要把那傢伙給翻出來不可。

「這麼急著找他？你們最近還有表演要趕著練習嗎？」我問問留守在練團室的晉佑。

「目前是沒有啦，可是練團是一群人的事，不管是誰，都不應該在毫無知會的情況下缺席呀，這耽誤的可是大家的時間耶。」他皺著眉頭。

理性、睿智，連皺眉頭的表情都那麼帥，我心裡這樣想著。

「本來還想說下午都沒人借場地，可以好好編一下新歌的，但現在可好，白白浪費了良機。」他望著牆上的白板，忍不住搖頭嘆氣。一瞥看見上頭還寫著徵人訊息，轉頭又問我到底團員找得怎麼樣，他說這件事他也問過小主，小主則說那是周阿胖負責的業務。

「最近是有幾個人來問，但他們都不希望雙主唱。」我說得很保守，事實上那些人後來反悔的原因，並不是因為雙主唱太占舞台空間，只是覺得我有點礙眼而已。

「其實雙主唱也沒有不好，不同的音色跟音層，有時反而可以組合出更迷人的重唱效果。像我在『極光』，有時候就很想多找幾個人來幫忙唱。」

「你缺女主唱嗎？」這次我把握了良機，笑著說：「看看有沒有機會，下次要上台的時候，把你訓練最久、程度最好的大弟子帶上場，我保證自己是個很棒的合音天使唷！」

「真的嗎？」

「赴湯蹈火，在所不辭。」我得意地笑著。在剛剛的言語中我特別強調了訓練最久、程度最好，而且還限定是「大弟子」，這麼昭然若揭，晉佑不該聽不出來我的弦外之音吧？

「好呀，等我們有演出的時候，合音的部分一定拜託妳。」他臉上有笑容，但好像笑得有點乾。把話題侷限在演出的事情上，他是故意的嗎？我心念電轉，不行，不可以這麼簡單就放過這次難得的機會，我要跟他說更多的話，而且不只是音樂方面的事情而已。

「對了，妳可以幫我一個忙嗎？」他笑了幾聲後，沒給我機會開口，卻忽然面有難色，眼神中還帶點尷尬地問我。

「幹嘛，褲子破了，要我幫你補嗎？」受他那忽然出現的怪異神色影響，我不得不暫緩自己的計畫，強擠出勉強的笑容，順著他的話頭，半開玩笑地說：「趁現在都沒人，趕快脫下來，姊姊幫你處理好嗎？」

這幾句話逗得晉佑大笑，他趕緊揮手，撥開我正往他腰際伸過去的雙掌，笑罵著叫我別搗蛋。儘管知道這兒只剩下我們兩人，但晉佑還是四下張望了一輪，然後才心虛地轉身，從平常裝著他專用麥克風的黑色橡膠保護袋裡掏出一樣東西交給我。

「這是什麼？」我一愣，看見他手上拿著的，赫然是一張兩次對摺的紙張。

那不是樂譜，如果是樂譜，他會直接拿給我，用不著說一個「需要妳幫忙」的開場白；那也不是什麼申請表單，練團室的租用都明明白白寫在資料夾裡，沒有必要疏通我來暗中變更的必要，他大可自己直接翻來填寫。

「妳上次不是說過嗎，任何人有奏摺要上呈，都得經過妳這個上書房先批閱，校對沒有錯字，還得文情並茂之後才能呈上去？」他臉上居然有點害羞，搔搔鬍子說：「儘管咱們師徒之間按理說不需要搞這一套，但規矩就是規矩，對吧？」

那瞬間我心頭一涼，腦海也跟著一片空白，幾乎不敢相信自己耳裡聽到的。伸出手來，我努力維持著手掌不要太過顫抖，但接下來後，還是沒有勇氣打開來看看內容。

「哪，現在可就真的要拜託妳了，請發揮妳中文系的看家本領，幫我確認有沒有錯字，最好再幫我潤飾一下，寫得好看一點。改好之後，我再重謄一遍，好嗎？」

「這……這年頭，告白還寫情書，好像……好像有點老派。」我笑了，但笑裡充滿苦澀，連講話都結巴起來。

「入境隨俗嘛，配合妳跟小主之間長期以來的默契囉。」晉佑也笑著，對我說了一句在他而言確實發自肺腑，但對我來說卻有如利刃穿心，令人痛不欲生的話來，「拜託一下，我這輩子的幸福就全都指望妳了。」

在愛慾交織的仨人間，總有個人的幸福的可能會被扔進垃圾桶，這是千古不變的鐵律。

要看嗎？我該抱持著怎樣的態度去看它呢？要說笑容，那肯定是沒有的，我完全笑不出來。這幾年，在幫小主擋掉無數的告白者時，我也曾經想像過，有沒有哪個男生，是能讓我看得順眼，我覺得可以配得上小主的？若干年來，這樣的人幾乎沒有；可是該死的是，第一次讓我覺得不錯的男孩，偏偏就是我喜歡上的。

那封勉強只能稱之為草稿的情書就擱在我桌上。寢室裡只亮著一盞檯燈，照在桌面上，也照著那封信上。反側在床，我幾次轉身背對，但終究無法迴避它的存在，最後只好又爬起床，重新坐回到桌前。

要看嗎？我又一次陷入天人交戰，手指幾度都要摸到信紙了，但又像觸電般趕緊再縮了回來。我怎麼也無法相信，這封告白信會是晉佑寫的，更無法說服自己，那封信的收件人居然是小主而不是我。

明明我才是最先跟你接觸的，你是先認識我之後，才又認識她的吧？相較之下，關於你的一切，應該都是我才最清楚的吧？她曾經給過你什麼樣的心動感覺嗎？有些事情你是不是選擇刻意遺忘了呢？每次歌唱教學時，你的那瓶飲料是我買的，買的是你最愛喝的低糖寶礦力。我跟你們團的樂手們一起去餐廳吃飯時，除了第一次你告訴我愛吃什麼，自己拿夾子挑選食物之外，後來每次我們再去，你只需要坐在椅子上，自然有一整盤你最愛的糯米腸跟百頁豆腐送上，而且還不用你掏錢呢！親愛的晉佑哪，那不是我口中所說的學費，學費只是個幌子，你難道從來都不懂嗎？那些不認識小主的人，他們只為了她的美貌跟氣質而著迷，你難道也跟他們一樣傻嗎？

我長嘆了一口氣，沒有伸手去拿那封信，卻用一枝筆反覆挑呀挑，讓摺起來的紙張在桌面上蹦動著。我心裡在想，晉佑在舞台上能夠風靡這麼多觀眾，他看過的美女難道還不夠多嗎？在看了那麼多妖嬈女子後，他難道從沒想過，真正最美的，其實在於心，而不在於外表嗎？

難過著，有想哭的感覺，卻絲毫哭不出來，我覺得無比挫敗，但更難接受晉佑喜歡的居然是我最要好的朋友的這件事。如果小主知道了，她會怎麼做？我試著易地而處，倘若我好友所暗戀的對象，居然轉而向我告白，那我該做何抉擇？其實我也知道小主會跟我做一樣的決定，我們這麼多年來堅定的友情，從不會被任何人所影響，而且會保持信念，直到永遠。

既然這樣，那我幹嘛還要煩呢？我如果這麼肯定的話，此時此刻，小主應該還沒睡，隔著牆，隱約都還能聽見她房間裡的電視聲響呢，我大可以把這封信拿著，走過去敲她房門。如果是我，我會當著好友的面，基於無可動搖的義氣，當場把那封信給撕了。是呀，是我的話，我就會這樣做，但如果是小主呢？

好吧，我承認，其實我不是那麼肯定小主會跟我有一樣的想法。

「還沒睡的話，幹嘛不開燈？」在無限迴圈的矛盾中，突如其來的敲門聲差點讓我嚇破膽。打開一看，小主手上拿著一包洋芋片，她說這是新口味，本來買了想嚐鮮，沒想到味道跟想像的實在差太遠，所以決定拿過來交給我解決。

「臉色很差耶，妳沒事吧？」看我表情陰晴不定，她擔憂地問：「是不是不舒服？要不要看醫生？」說著，她直接推我進房，叫我趕快披上外套，帶著健保卡，立馬就要拉著我往醫院去。

「沒事啦，大概是晚上洗完澡之後沒吹頭髮，所以有點頭痛而已。」我急忙解釋。

「真的不用看醫生嗎？妳確定？」她沒有虛偽做作，眼裡是真摯的擔憂，還伸出手在我額頭上摸了摸，確認我沒有發燒。

「欸，妳會不會覺得我其實很蠢、很沒用，不管什麼事情都得有妳幫忙才行？」不知怎的，坐在床緣，我忍不住問她。

「在那裡說什麼蠢話？」她瞪我一眼，叫我乖乖坐好，自己則跑回房間，再過來時，手上是一盒普拿疼，而我趁著她離開的那短短幾秒，趕緊把桌上那封告白草稿給藏到枕頭下面。

「聽好，我們是最好的朋友，就像左手跟右手，也像左腳跟右腳，或者左邊眼睛耳朵跟右邊眼睛耳朵一樣，總之，就是缺了誰都不行，非得是生命共同體不可。」餵我吃藥後，小主吩咐，「吃完藥好好休息，明天再幫我吃掉那包洋芋片。吃完記得寫個心得報告來。」

「奴才曉得了。」我眼眶裡有淚水打轉，「奴才跪安了，也請小主早點安歇。」

「知道了。」燦爛地笑著，她對我說。

我們唯一能確信的，只有無可動搖的義氣而已，是吧？是嗎？

因著還有無數個晴空在未來，
笑顏於是不再被藏住了。
你說，能沐浴在陽光下的人多麼幸福。
我是一隻森林裡迷路的小熊，
跟著你餵養的蜂蜜就去了遠方。

18

「動作快一點，貨車還空著一大半呢，這些講義全都要裝上去喔。」老闆娘匆匆走過時，指著店門口堆積如山的教材吩咐我，而五分鐘後，她帶著兀自睡眼惺忪，卻被挖起來要送去托兒所的兩個小孩，經過我身邊時，又開口交代了，「後面倉庫那邊還有二十箱考卷，今天一樣要送出去，已經分類標好了，妳記得一起搬上車。」

不管她講什麼，我都一概點頭答應，但其實根本沒聽進心裡去。太累了，我從頭頂開始冒汗，然後臉上、脖子上，還有身體跟手腳，身上幾乎無一處是乾的，簡直就跟掉進游泳池裡沒兩樣，而更慘的是，這池子裡除了水，還有一層浮油在上面，所以我此刻的身體是又濕又黏滑。

老闆娘說的那些，乍聽之下似乎都跟我有關，但其實也不用聽得太仔細，因為高嘉郎就在我旁邊，所有交代的事情，他都會逐一記得；我需要做的，只是依據他指派的，將各種講義、自修、評量、考卷，還有老闆要拿去賄賂學校老師的各種小贈品，例如文具或「愛的小手」之類，全都搬上車就好。小貨車循固定路線前往各學校，他們會依序把各校每位老師訂購的物品都送到。

暑假的第一天，高嘉鄖帶我在附近一所國中旁邊的書店物色到一份短期打工，每天只做早上三小時，為期一個月。在這裡，我們每天都做一樣的工作，就是搬貨。一邊搬，我心裡一邊不斷咒罵，就是有這種成天去學校跟老師談生意的壞心商人，才讓我們國中時有永遠寫不完的作業或考卷。

老師們也真是的，一整個學期當中，有如此漫長的時間，需要的東西可以慢慢買嘛，又何必這樣急於一時呢？然後我也同情起那些學生，每一科的老師如果都給他們挑一本講義跟兩份可以用上整學期的考卷，要命，那他們這幾個月還有自由空氣可以呼吸嗎？我忽然慶幸，慶幸自己已經是個死大學生。

「動作快一點，貨車要出去了。」高嘉鄖提醒。

提醒有個屁用，我要搬得動的話，不早就都搬完了嗎？眼下兩手從肩膀痛到手腕，腰也挺不起來，甚至連兩條腿都難以久站，我還能搬多少東西？今天一早，我乖乖依照食譜，只喝了一杯香蕉牛奶，但那點玩意兒在我肚子裡根本撐不了多久，很快就消化殆盡，現在負荷這些重物，我依靠的全都是燃燒自身脂肪所產生的動力耶！

「不行了，真的不行了。」我趴在貨車的車斗上，讓司機大哥看傻了眼，他叼著香菸站在那裡，還轉頭問高嘉鄖現在該怎麼辦，要不要打電話叫吊車來把我吊走。

「你有吊車司機的電話嗎？要找吊車，那就乾脆把這些貨都吊起來就好了呀，幹嘛要人工來搬呀？」我有氣無力地抗議，然後又抱怨，怎麼紙做的東西，疊起來居然可以這麼重呢？

「這些紙做的東西，就算它們長了腳可以自己走，妳也別想偷偷在旁邊納涼。」高嘉郥同樣汗流浹背，清晨陽光下，他黝黑的肌肉正閃閃發光，剃了一頭短髮的他顯得非常陽剛，跟以前的宅男模樣有著天壤之別。

「可是，我……」我幾乎都快哭了。

「別忘了妳遭受到怎樣的屈辱，才拜託我幫妳找這種工作的。」他拿毛巾擦擦自己的臉，再把用過的毛巾丟過來，叫我把汗也擦一擦。

我怎麼可能忘記呢？就是因為有那些屈辱，才讓我有這個暑假的減肥計畫呀！當我們結束了早上七點到十點的打工後，馬不停蹄的，高嘉郥騎著機車載我到學校附近一家新開幕的藥妝店報到。放我下車後，他可以先回家休息一下，下午還要到另一個打工地點上班，那是在3C賣場的工讀，非常適合他；而我則在藥妝店的倉庫間換上衣服，也要展開另一波絕地任務。

這工作也是他幫我問到的，一切都依足我的要求。學期末前，我跟他說過，暑期打工的條件有三，其一當然是得有錢，而且不能太少；其二則是我希望可以不用跟太多人接觸，甚至，如果可以不用露臉的話就再好不過；至於第三點，也是最最重要的一點，我希望找到的，是三個月後可以讓我明顯變瘦的那種工作。

所以他幫我安排了早上去書店搬貨，跟著也找到現在這個工作機會，為期三個月，每天從早上十點半開始，一直到傍晚七點結束，除了中間半小時可以吃飯休息外，其他八個小時，我都會穿著一套蓋頭蓋臉，完全沒人知道我本來面目的大熊布偶裝，扣除一對熊眼睛內藏可以看見外面的兩個小孔之外，剩下部分則密不透風，然後我得站在沒有冷氣的藥妝店大門口招攬顧客，能手舞足蹈是最好，再不然也得晃來晃去，以吸引消費者目光。

「很辛苦，但是錢很多。妳也知道，這種工作基本上不會有太多人想要做，此外，不露臉又能減肥，完全符合妳想要的條件。」第一天上工時，高嘉郎幫我套上一身深褐色毛絨絨的熊熊裝，他說：「真的撐不住時，記得倒下就好。對一隻中暑倒地的熊，相信路人們會表現得很有愛心的。」

因為忘不掉那種屈辱感，所以不管外面溫度飆到什麼地步，我始終屹立不搖。店長有時心疼，過來問我要不要歇會，我也對她豎起拇指，告訴她：I am good！但逞強的同時，我則一次又一次，反覆想起所見所聞的那一幕。

如果可以，我希望那天所發生的事情，能請高嘉郎幫幫忙，用影像處理軟體加以剪輯，不用多，就那短短二十分鐘左右的記憶，我想把它刪除，丟進資源回收桶，然後毫不猶豫地按下「清理」，讓它們永遠消失。但這只是希望，或者說，是不可能的奢望，因為我就是聽見了，而且聽得一清二楚，所以我失去我初戀的對象，甚至連原以為一生中最要好的好朋友也沒了。

身為人類最無奈的，是我們並未擁有刪除不好記憶的能力。

那封晉佑所寫的草稿一直放在我的包包裡，上課也好，去社團也好，或者去到任何地方都好，我總是隨身帶著走，為的是希望生命中的某一刻，當我突然有了正視的勇氣時，也許我可以把它拿出來，幫忙潤色潤色，或者直接交給小主。

可是那樣突如其來的勇氣一直沒在我的期待中出現。

那天中午我進了社窩，按照慣例，不到傍晚不會有人到來。我翻了翻登記練習的資料夾，今天空空如也，沒人要來練團。百無聊賴中，我拿起擱在角落，一把據說是畢業學長留下的舊吉他，隨便彈了幾個和弦，但是疏於練習的結果，是我手指才按沒幾下就疼痛不堪，而且也老早把和弦按法都忘光了。

然後我拿起掃把幫忙掃掃地，還把凌亂的板凳都擺好，最後走到音控台邊，隔著大玻璃窗，望著空蕩蕩無人使用的練團室，心裡盤算著自己還能做什麼。今天晚上，小主跟她幾個英文系的同學受邀到一位外籍老師家裡烤肉，也會留在那邊過夜，我有足足一整天的時間，總得設法打發打發才行。

是不是該打個電話給阿偉，把那傢伙給叫起床呢？他那麼愛蹺課，按理說應該不會出現在教室裡才對。還記得剛加入社團時，他非常好心地邀請我一起負責練團室的管理工作，當初話說得動聽，說什麼日後要培養我，希望我可以成為一名優秀的音控人員，結果呢？一年都快過去了，我屁也沒學到。甚至連之前放寒假時，他自己東西沒收好，要嘛導線找不到，再不就是各種轉接頭不翼而飛，還三天兩頭打電話來問我。想靠著他學點什麼知識的話，我看我不如自己打開國家地理頻道還比較乾脆。

無聊地打開音控台的電源，也開啟了與它相連接的社團電腦。有些基本的操作，儘管阿偉沒有教，但我看也看得熟練了，於是裝模作樣地玩了起來。我幻想自己眼前有個樂團正在演出，右手不斷靈活操控著所有旋鈕，左手則抓著監聽耳機，只掛一邊在耳朵上，演得煞有其事的樣子。

玩著玩著，等老舊的電腦開機完成，我一邊想著最近幾次在社窩遇到晉佑的畫面。好幾回，當我們身邊沒人時，他偶爾看向我，像是有話想說的樣子。我知道，他想問那封信的事。信改好了嗎？或者妳已經幫我轉給她了？晉佑的眼裡所傳達的，是這樣簡單的問題，但我沒有一次能夠清楚回答，甚至連點頭或搖頭都無法回應，當然我也沒能告訴他，那封信我一直沒有打開來看，因為我真的沒有勇氣。

所以我開始閃躲，能拖著就拖。面對他跟面對小主一樣困難，因此我只能在午後這種冷門時段出現在社窩，或者推託課堂上有討論的必要，得跟同學聚會，藉此以疏離小主。

我把視線從空蕩蕩的練團室轉過來，看看電腦螢幕上的錄音列表。大多數樂團練習時都會錄音，以從中尋找改進的機會，不過我看那也多餘的，每次有人練習時，阿偉都會幫他們開啟這功能，但我一次也沒見過有誰來把檔案拷貝回去仔細聽的。

檔案沒有標註是哪個樂團或誰的錄音，上頭只是千篇一律的系統預設檔名，後面再加以編號而已。我隨便點了幾個檔案來聽，有些人唱得還不錯，有些則糟糕透頂，有些樂團的默契十足，能做出變化性極強的演奏，但有的則零落不堪，搞得像各走各的路一樣。

接連聽了幾首之後，我忽然想起剛剛在練團室使用登記簿上看到的，昨晚「極光」也有練習。不曉得他們做了什麼曲子呢？有新歌嗎？還記得晉佑說過，下回如果編新歌，他要讓我當合音天使呢，這話說過就算了嗎？好奇心起，我把滑鼠游標拉到清單最下面，點選最後一個檔案，心想如果是新曲目，也許我可以先從中試著找出合音的部分。

不過結果卻讓我失望了，他們練的只是幾首舊歌，連我都聽過好多次了。音樂很美，歌聲也很美，只是不曉得為什麼，這時再聽，卻隱約出現了一點距離感。練習時間並不長，因為錄音是沒有中斷的，所以歌曲與歌曲間的討論，我也能聽到對話內容，胖胖說他待會還有事，必須先離開，而晉佑則交代了一些該注意的事項。說完後，他們又跑了兩首曲子，然後很快就散會，不知道是誰的聲音，有點遠，還囑咐最後一個離開的晉佑要記得關燈關電腦。

我聽到這兒，原本也打算結束播放，卻忍不住又多聽了一下。我想知道晉佑會不會在大家都離去後，獨自清唱一段旋律，來做自我的歌唱練習，如果有，我想請阿偉幫忙，把那一段剪出來給我。

「他們都走啦？」

認真地聽著，隔了半晌後，從耳機裡傳出來的，卻不是晉佑的歌聲，反而是一個女孩。她沒對著麥克風說話，聲音遠了，依稀有些難辨。

「都是一些不認真的傢伙，真受不了。」晉佑的聲音很清晰，他語帶無奈地說：「明明早就講過了，這是練團時間，結果沒人把它放在心上。」

「算了吧，又或者你該感謝他們？」女孩聲音近了點。那時我忽然覺得有些不對，這聲音未免太耳熟了吧？

然後耳機裡傳出來的是一些模糊的聲響，吱吱啞啞的，間或夾雜著喘息聲。我大吃一驚，練團室是多麼神聖的地方，按照規定可是連喝口水都不行的，難道晉佑卻跟誰在裡面親熱嗎？

還好那陣聲響很快就停了，女孩說：「好了，別這樣，萬一有人進來就尷尬了。」

「連阿偉都回去了，還能有誰會進來？」晉佑笑著說。

他們應該湊得很近吧，而且麥克風也沒關，聲音全都錄了進來。我聽到女孩說：「不說別人，不就有個熱音社的志願長工一天到晚往這裡跑？再說了，只要看過資料夾的人都知道，今晚你們在這兒練習呢，難保她不會跑來找你。」

「她今晚不是有一堆作業要寫嗎？那叫什麼作業來著？文字學還是什麼學之類的，這可是妳告訴我的耶。」

「也是啦！」女孩笑著，她說自己帶來了消夜，還問晉佑要不要先吃。

練團室禁止飲食！我很想跳進那個畫面中，大聲阻止他們，不過當然這是不可能的。在隱隱約約的塑膠袋揉動聲中，我聽到晉佑又問：「對了，她還沒把那封信還我耶，妳確定這招有效嗎？」

「還沒給你？我的天哪，她到底還要猶豫多久？」女孩笑了出來，說：「放心吧，她拖愈久，表示這招愈有效，真的。」

「怎麼說？」明顯是正在吃東西，晉佑的聲音有些含糊。

「我太了解她了，她呀，就是那種四肢很勤勞，但是腦袋卻不夠靈光的人，遇到問題，如果沒人可以商量的話，她就會一直鑽牛角尖，一百年也下不了決定。當初我就跟你說了，叫你趕緊寫那封信，目的是要讓她知道，其實你是不可能接受她的，也只有用這種方法，才能在她跟你告白之前，先一步斷了她的念想。她收到信之後，如果很快就轉交給我，那表示她根本不夠愛你，所以才連一點猶豫都沒有。而現在看來，拖了那麼多天，噢，只怕她對你用情之深，遠超過我們的想像喔。怎麼樣，身為小女生的暗戀對象，有沒有很得意？這可是她純純的初戀唷！」

「真是夠了，誰稀罕哪！像她這樣的女生，我躲都還來不及呢。不過話說回來，這樣做會不會弄巧成拙呀？」

「放心吧，不會的，只要我們演得夠逼真的話。」她笑著說：「你都不曉得，我每天晚上都過去敲她房門，想觀察她的反應。欸，我好幾次差點笑場耶，真想跟她坦白招供算了，可是沒辦法呀，這種事一旦開始就沒辦法停下來，現在只能等她自己放棄，才不會讓她愛情跟友情都兩頭空。」

「但是這一招會不會太狠了？」

「不然你有更好的辦法嗎？而且早在我提這個點子的時候就跟你說過了，這一招一旦使了出來，就得從頭演到尾，誰也不能中途喊卡，你那時不也說很有趣嗎？」她說：「你放心啦，她很堅強的。在熱音社裡面，那麼多人嘲笑她，你看她有退縮過嗎？」

「是沒錯啦，我只是有點擔心，怕萬一事情鬧大了，會不會害妳跟她翻臉？畢竟妳們都是那麼多年的好朋友了。」

「我想應該不至於翻臉的。正因為我們是多年的好朋友，就像左手跟右手，左腳跟右腳，還有左邊的眼睛鼻子，跟右邊的眼睛鼻子一樣，我們是永遠拆分不開的。」

「講就講，不必做示範，妳差點把我戳瞎了。」晉佑笑著說。

「好啦，我只是打個比方嘛。總之呢，為了義氣，她遲早會下定決心，退出這場註定不會贏的競爭，乖乖把你讓出來給我；而我呢，我也是為了義氣，出於無奈，才只好用這種辦法，讓你表明心志，提早一步先拒絕她，讓她死心。」

「妳為了她，真的是煞費苦心。」

「奴才的事，當然也是主子的事，我可是她的小主耶！」最後，她嬌媚地笑著說。

義氣是一柄兩面刃，為了義氣，卻也毀了義氣。

那天，我終於真的哭了，哭著離開熱音社，而離去前，我把那段錄音檔刪除，也把白板上一直寫著的徵人訊息擦掉。不想留下那段錄音，是因為我不想哪天有個跟我一樣的好事之徒，因為無聊而將它開啟，進而令這個骯髒齷齪的祕密曝光；擦掉白板上的訊息，則是因為那是我唯一在熱音社存在的證據。

我哭著離開社窩，走過漫長的走廊，直接穿越校園，絲毫不管別人的目光，一把眼淚一把鼻涕地走回家。我把自己關在房裡，抱著枕頭狠狠哭泣，直到枕頭被我弄得又濕又黏，整片都髒兮兮的，但我停不下來，我必須把自己內心壓抑的所有委屈全都宣洩出來才行。不只是小主跟晉佑的這件事所帶來的衝擊，還有那些長期以來，在社團裡遭受的冷嘲熱諷，那些原本我以為自己絲毫不在意，但其實全都硬生生壓在心底最深處的難過，現在全都傾洩而出。

這些年，我到底算什麼呢？朋友跟朋友之間，主子跟奴才之間，按理說應該是不同的吧？不是說好要講義氣的嗎？說好的義氣呢？我哭著，狠狠地痛哭失聲。哭泣時我用力掐緊枕頭，像是要掐死誰一樣，但我想掐死誰呢？其實我只想掐死我自己而已。

那天傍晚，手機響了好幾次，全都是小主跟晉佑打來的，大概是晉佑在社窩沒遇到我，所以想問問我人在哪裡，而他可能也問了小主，所以兩人才各自打電話……不對，我忽然在猜想，或許小主根本不是跟同學去什麼老師家烤肉，可能她只是找了個名目，今晚要去跟晉佑約會而已。

你們就不能放過我嗎？像在看一個徬徨無措的傻子那樣，你們認為這很好看嗎？我覺得心很痛，痛得幾乎快要喘不過氣來，最後，當眼淚幾乎流乾，當心臟終於快要負荷不住時，我終於掙扎起身，拿了手機。沒有回撥給小主跟晉佑，我直接打給高嘉郎，問他知不知道學校附近哪裡有可以暫且棲身的地方，我必須逃離這裡，而且是在最短時間裡。跟他說話時，我聽到自己嘶啞的聲音，那根本不像我。

他說那通電話簡直把他嚇壞了，認識那麼久了，總覺得我是一個永遠不會有陰天雷雨的人，怎麼忽然有一天，陽光就突然不見了。

「妳知道蘋果電腦的最大特色嗎？除了專業性能優越之外，它最能擄獲人心的一點，就是堅固耐用，想讓它中毒，大概比登天還難。」

「之所以打電話給你，可不是叫你來做產品介紹的！」哭得有氣無力，我說。

「這只是個比方，」他說：「我只是想說，妳的眼淚讓我見識到一件事，原來這世上有比讓蘋果電腦中毒還更困難的事情會發生。」

「我再強調一次，我不想聽產品介紹，也不想聽這些五四三的廢話。」見了面後，我告訴他，明天早上七點半之前，我要找到一個新的住處，要乾淨、便宜，而且沒有鬧鬼的那種。

「妳知道現在幾點了嗎？」

「所以你最好趕快想辦法，別再浪費時間了。」我已經全身無力，只能倒臥在床邊。

高嘉郎說這是他第一次到我搬出宿舍後的住處，卻沒想到也是最後一次。坐在我的小桌前，操作著我的電腦，他手指在鍵盤跟滑鼠上快速交錯，立刻展開作業。一邊忙，他一邊問我，究竟發生了什麼事？他說在電話中聽到我哭哭啼啼時，直覺以為我被強暴，但轉念想想又覺得不可能。

「是覺得我不夠姿色嗎？」

「倒不是，只是覺得妳夠聰明，應該很能保護自己，而且我們學校附近的治安向來也不差，理論上不會發生這種事。」他說：「所以我想，妳應該是被甩了才對。」

「高姊姊你可真是冰雪聰明。」我嘆氣。

「我很聰明，但妳也不簡單，一份愛情都還沒擁有過，居然也能失去，真令人佩服。」他點點頭。

隔了半晌沒開口，我們一直維持著相同姿勢，後來我忍不住問他，難道這中間的過程與細節，他真的一點都不想知道嗎？

「這種難堪的事情，要嘛妳自己願意說的時候再講，由旁人來問，那不是很不識相嗎？再說，我現在忙得要命，沒時間聽妳講故事。」他目不轉睛地盯著電腦螢幕，手指敲著鍵盤，同時又對我說：「我比較想知道的，不是妳怎麼被甩，而是剛剛我線上遊戲打到一半，一群人正在衝副本，眼看著 BOSS 就快吃下來了，結果被妳這麼一哭，嚇得我趕快登出遊戲，匆匆忙忙就拋棄了我那些隊友，不知道他們會怎麼宰了我。」

「你有這麼重要嗎？少了你就不行？」

「當然，我可是負責補血的補師呢，沒有我，他們只能一個個等死而已。」他忽然笑了出來，轉頭對我說：「我在遊戲裡幫別人補血，在現實裡則幫人修電腦、拉網路線，現在還負責幫失戀的可憐蟲找房子，這就是我的宿命嗎？」

「總有一天，我會幫你立個牌坊的，上面寫四個字：『為國為民』。」

「謝了。」他點點頭，苦笑一聲，「在網路上當大家的好人已經夠辛苦了，在現實世界裡也活得這麼辛酸，我一定是天生的好人。」

「放心，虛擬的世界我看不見，另當別論，但現實這一端，我會好好珍惜你，不會讓你去當別人的好人，以免把你累壞，這樣好嗎？」

「好個屁。」他啐了一口，手往螢幕一指，那上頭是租屋網站的一個頁面。高嘉郎說，他雖然一直住在男宿，但因為長期混跡在網路上，認識的網友也多，其中有個跟他同為鄉民的朋友，家裡有套房在出租，而且台中幾所大學附近都有他們的房子，儼然把這當成事業在經營。

我沒有太多家當，扣掉衣服、書本之外，大概就只剩下床鋪而已。高嘉郎在線上聯繫了那位朋友，確認還有空房，價錢也算合理之後，跟著就透過租屋網站確認他們登錄上去的屋況照片，最後才撥打電話，講定了今晚就搬。

「妳這邊的租約呢？會不會被扣違約金？」

「學期末剛好結束，倒沒這問題。」我說。

他點點頭，當下也不遲疑，手機繼續撥打出去，很快的，星爺跟小凱都來了，他們雖然完全在狀況外，但是手腳卻很俐落，除了貼身衣物不方便讓他們代勞之外，其他東西都讓這些人打包扛到樓下。

事出倉促，來不及張羅紙箱，他們索性將物品全塞在黑色大垃圾袋裡，直接往機車踏墊或後座擺上。我從來沒有看過這樣的搬家方式，他們就像扛著樹果在行軍的螞蟻似的，機車騎得歪七扭八，但全程安然無誤的，將我的行李全都送了過去。

當星爺跟小凱接連幾趟在大馬路上鑽行時，我留在房間裡，負責把剩下的瑣碎雜物往塑膠袋裡面塞，每裝好一袋就讓高嘉郎接手，陸續往樓下搬。當最後一袋零碎物品都裝進去後，望著空蕩蕩的房間，地上只剩空袋子跟拆解後的電腦，心裡有點黯然。高嘉郎搬完東西又上樓，他沒進來，倚在門邊問我現在心情是否好一點了。

「小主跟晉佑，他們……」我想解釋詳情，但是說不出來。就算在星爺跟小凱他們面前還能勉強擠出一點笑容，但講到關鍵處，我還是無法釋懷。

「算了，不用說了。」他走近兩步，嘆口氣說：「聽到這兩個人的名字，大概就猜得到妳要說什麼了。」

「如果只是那麼單純的一件事，那也就算了。」我轉頭問他，站在男生的立場，什麼叫義氣。

「用說的可能得說上老半天，但是星爺跟小凱他們現在正在做的事情，就是因為朋友間的義氣，妳已經看到了。」

我點點頭，雖然只有第一趟幫忙搬東西時下樓看到他們，但兩人並不做多餘的探問。

只因為高嘉郎的一通電話，就趕緊過來幫忙搬家，既不收酬勞也不跟我算油錢，這如果不是義氣，那什麼才是義氣？

我長嘆，在屋裡流連，一張空床板，一座空衣櫃，還有一張桌子，以及旁邊清空的冰箱……這兒已經不存在我待過的痕跡，但依稀還有過去的氣味。這房間，當初是小主物色的，搬家時我們也同心協力，雖然粗重的東西幾乎都由我代勞，但慶祝搬家的那頓飯可是她買單的。這一年來，我們在這兒歡笑，無論外頭寒暑如何變化，屋子裡永遠都只有溫馨感。但那些現在全沒了，不，不只是這一年的回憶，還有我們更漫長的過去，從高中到現在的一切，也全都付諸流水，再也回不來了。

「這世上沒有童話故事，對吧？」望著房間，我無奈地問。

「那要看妳怎麼定義。」高嘉郎搖頭。

「你不覺得很諷刺、很悲哀嗎？有些還沒實現的，想著想著，那個甜美的夢就被踩碎了；而本來以為已經握在掌心裡的，則從原本好端端的樣子，轉眼間變得又鋒利又尖銳，刺得人滿身是血。」

「或許只是妳把童話寄託在錯誤的對象身上，而自己以前沒有察覺而已。」高嘉郎說。

「也可能是因為我沒有作夢的資格？」我忍不住轉頭問他。

「妳真的把自己看得太輕了。」他忽然笑著對我說：「棉花糖也是有點重量的，好嗎？」

非常感謝他這個一點都不好笑的笑話，讓我稍微平復了些。終於還是把自己在社窩的電腦裡所聽到的，關於那個騙局的內容，逐一告訴高嘉郎。我還告訴他，小主已經說過，她今晚不會回來，可能真的去老師家烤肉聚餐，也可能正跟晉佑在一起，但無論如何，那些都不重要了。

「……我不斷試著說服自己，她跟晉佑會互相吸引，其實是理所當然的，名符其實的郎才女貌嘛，簡直可以說是天造地設，是命中註定的，我再怎麼不自量力，也不會傻傻地還一頭撞上去，去搶一份根本不可能搶得到的幸福。再說了，小主是我最要好的朋友，她跟我一樣，喜歡同一個人，你說我能怎麼辦？是你的話，你又會怎麼辦？」

「我想我會退出吧。」高嘉郎沉吟了一下，說：「不過也很難講，也許我會殺了我朋友，這都是人之常情。」

我苦笑搖頭。要殺人，我沒有這種能耐跟勇氣的，也不想被關進牢裡去。從包包拿出那封最後我依然一眼都沒瞧過內容的告白信，我說：「如果他們願意直接一點告訴我，就算再難過，基於朋友間的義氣，我願意退出，願意祝福，甚至可以跟他們說聲恭喜，因為晉佑是唯一一個，我認為配得上小主的男生，而小主則是我最要好的朋友，我很樂意看到她擁有自己想要的幸福。」說著，我忍不住又哭了出來，「只是為什麼他們要用這種方式來告訴我……」

「算了吧。」他拍拍我的肩膀，「別哭了，我們該走囉。」

「等一下啦，再哭五分鐘就好了……」沒擦去滿臉的眼淚，我往前走了幾步，把那封信擱在書桌上，同時也伸手解開一直掛在脖子上那條象徵著友誼，我跟小主各有一條的蜂鳥項鍊，輕輕放下，我在心裡說了一聲再見。

傷口痊癒後，留下的只是一道疤痕跟一個好故事。

除了義氣的正確表現方式外，什麼是鄉民的偉大，什麼是網軍的力量，高嘉郥很快地證明給我看。

「新家」不過幾坪大，我很快就安頓下來。我告訴他這個暑假我就不回彰化了，我想讓自己徹底遺忘那些不愉快的事情，如果可以，看能否幫忙留意有沒有打工機會。

而自從幫我搬家後，就很習慣恣意在我這兒出入的他，坐在我的新椅墊上，才短短兩個鐘頭之內，就利用我的電腦搞定了這件事。我在新家的床上都還沒躺習慣呢，他就拍拍屁股站起身來，叫我準備上班。

「為什麼你這麼快就能處理好這些事？網路真的無所不能嗎？」早上在書店搬完貨後，氣喘不已地坐在店門口的台階上，我想起他幫忙找工作時的超高效率，忍不住問。

「怎麼妳不知道嗎？我們身處的這個世界，已經是資訊互聯、無遠弗屆的世代了呀。」他搓搓光亮的下巴，說他昨晚刮完鬍子後，覺得自己愈來愈帥了，問我有沒有相同的感覺。

「你刮完之後有洗臉嗎？」

「廢話，當然有。」

「那一定是你洗臉的時候，不小心腦袋進水了，才會生出這種錯誤想像吧。」我哼了一聲。

這是一家很不起眼的書店，販賣的商品也不像一般連鎖書店，以各類書籍為主。他們的經營全都擺在跟學校的往來之上，換句話說，進出貨才是重心，而店家陳列的商品只是陪襯，平常根本連進門來逛的顧客都沒有。

十點之前順利裝貨上車，貨車全都出去了，我們也可以準備下班。高嘉郎問我想不想吃點東西？他待會兒還要回學校，儘管暑假期間，宿舍沒有開放，但宿網維修管理員卻得照常上班，只是少了到處檢修的繁瑣，他得坐鎮在宿舍，跟星爺、小凱他們一起發呆整天。

「回宿舍？」我愣了一下，問他不是在3C賣場待得好好的，幹嘛又不幹了？而他聳個肩，說本來希望能在那兒學點電器檢修的技能，但沒想到每天幹的全都是些搬冷氣或冰箱的雜事，不去也罷。

「你自己不想出賣勞力，卻叫我每天汗流浹背，這樣好意思嗎？」

「有什麼問題嗎？失戀的人又不是我。」他哼了一聲，又問我今天午餐想吃什麼。

搖頭，我說今天的午餐跟昨天一樣，昨天的午餐則跟前天一樣，都是一袋借放在書店冰箱裡的水煮青菜。

「吃那個會飽嗎？」

「當然不會。」

「那妳還吃？」

我苦笑，不然還能怎麼辦呢？高嘉郎強調減重固然是好事一件，但過了頭可不好，他說：「而且妳有搞懂自己到底為了什麼而減肥嗎？」

那當下我無言，隔了半晌才說：「起碼在某些事情上面，或許可以比較具有競爭力吧？」

「這算是一種未雨綢繆嗎？」

「機會是留給準備好的人呀。」我說：「你看不出來我正在做準備嗎？」

「我只看到書店對面有家排骨飯已經在準備營業了，而我現在打算過去吃一碗，妳要一起來嗎？」

我叫高嘉郎滾遠一點。排骨飯又怎樣？走進書店後面的廚房，拿出塑膠袋，我望著綠油油的一片，與其說那是菜味，不如說是草味吧？把袋子拎回台階邊，拿出我放在包包裡的迷你罐裝醬油，稍微滴了幾滴，再用筷子攪拌攪拌，我告訴自己：這就是排骨飯。

為什麼排骨飯一定得長得像大家所以為的那個樣子？排骨飯難道非得有排骨跟飯嗎？我已經忘記是哪一堂課，有位老師曾經說過，人類對於事物的所有認知，都來自於外界給予的資訊，那些資訊會在腦海中形塑出模樣，而那就是我們認定的，對於事物型態的連結畫面。

在此，我決定中斷這個連結，我不要讓排骨飯長得像別人以為的那樣，我要將我手中這一袋東西取名為排骨飯，從此它們就是長這樣。

我一小口一小口地吃著，青綠色花椰菜沾醬油、地瓜葉沾醬油、芥藍菜沾醬油……在名稱跟形象上不斷催眠自己。說那是排骨飯，這一點勉強還做得到，但咀嚼滿嘴的菜味，要說這就是排骨的味道，簡直比登天還難。我一邊慢慢吃著，一邊跟自己說：「這是排骨，這是排骨，這真的是排骨，貨真價實、童叟無欺的排骨……」

「妳瘋了嗎？」冷不防的，高嘉郎的聲音忽然出現，把我嚇得連筷子都掉了。

無可奈何，我只好告訴他，這套食譜其實是從網路上看來的，三餐幾乎都是青菜跟水果，除了少許水煮雞肉，大概跟和尚尼姑吃的也沒多大差別，但人家炒菜還能放油，而我套句魯智深在《水滸傳》裡的台詞，就只能「嘴裡淡出鳥來」。不過好處是這套菜單可以提供豐富的膳食纖維，據說非常能促進新陳代謝。

「妳這樣吃多久了？」

「搬家之後就開始了。」

「那不已經好幾天了？」他錯愕地問我效果如何。

「老實講，根本也差不多。」我嘆口氣，「大便是有大便啦，可是都跟之前一樣，只有一顆一顆的，大概比羊咩咩的大便稍微胖一點點的便便；不過好處是每天都有拉，我每天晚上回去之後，都勉強自己要蹲在馬桶上十分鐘，但很可惜，大便都沒辦法變成一條一條的樣子，還有呀，那個顏色跟軟硬度喔……」

「夠了夠了，看在我剛吃飽飯的份上，妳就別再說了！」他差點吐了出來，還叫我立刻停止這種飲食方式，說他會繼續運用網路力量，物色更健康的食譜。

搭便車去藥妝店上班的途中，我忍不住問他，是不是朋友很少，否則怎麼會有時間一天到晚被我糾纏著，當專屬於我的好人。高嘉郡笑了笑，他說自己不是高富帥的類型，認識的人雖然不少，但交情大多維持在線上，平常也不知道誰是誰，簡單來講，就是網友比朋友多。要說是現實中的交遊圈，也僅維持在男宿那一塊，就這樣而已。

「你幹嘛不交女朋友？」我停了一下，又說：「或者說，生理性別是男生的那種女朋友也可以。」

「套幾句網路上常說的，有道是『人帥真好，人醜性騷擾』，或者說，像我們這種貨色呢，就是『沒有一見鍾情的資本，也缺少日久生情的條件』，當當好人還可以，要談情說愛喔，充其量只能被歸類在『備胎』那一類，所以我看還是算了吧。

「而且我以前也跟妳講過了，比起跟人相處，我覺得面對電腦還比較簡單點。一台電腦就算中毒，大不了整個重灌，一切都還跟新的一樣，有時候哪裡壞了，我就把壞掉的零件給換掉，它照樣可以跑得跟賽馬一樣快，但是跟人就不行了，要是發生了什麼狀況，再好的交情也會毀於一旦，妳不就是個活生生、血淋淋的教訓？」

「非得扯到我頭上就對了？」

「我只是想告訴妳，人哪，最好都要有點自知之明，免得掏心掏肺，最後卻被人當成狼心狗肺。」

「這麼慘？」我忍不住哈哈大笑。

「就是這麼慘。不過呢，要說到真正的狼心狗肺，妳知道我前天晚上遇見誰嗎？」高嘉郎的車速不快，一邊騎著，一邊說起前兩天晚上，因為猜拳輸了，被星爺他們派去買消夜，結果就在學校附近的永和豆漿，遇到晉佑跟小主。

「然後呢？」原本是晴空萬里的豔陽天，但我忽然覺得頭頂蒙上一層烏雲。

「沒什麼好聊的，我連招呼都不怎麼想打。他們大概也心虛吧，小主從頭到尾都低著頭，倒是那個鬍子男跟我揮了一下手。」說著，高嘉郎問我，搬家之後，小主該不會從頭到尾都沒跟我聯絡過吧？而我告訴他，那封擱在空房間桌上的告白信跟項鍊，已經足以說明一切。

「他們一定很後悔。」

「不過就是少了個跟班而已，有什麼好後悔的？他們應該感到高興才對，從此少了個電燈泡，少了個糾纏不清的花癡吧？」

「嘿！」他忽然把車停下來，剎車太急，害我整個胖嘟嘟的身軀都擠上了他的背。高嘉郎把車停到路邊，站起身來正對著我，滿臉嚴肅地說：「別人會不會這樣想，妳可以一點都不在乎，而我知道，以妳打死不退的個性，妳也不會太把別人的觀點放在眼裡，可是，無論如何，妳自己不可以說這種侮辱自己的話，知道嗎？」

「但事實不就是這樣嗎？」不曉得為什麼，一講到他們，我所有的好心情全沒了，忍不住嘟起嘴來，臭著臉，把頭攞一邊去，我說：「反正對他們來說，我就是滾愈遠愈好的死胖子、討厭鬼嘛，難道不是嗎？」

「周阿胖，」高嘉郎沒有生氣，但也一點都沒帶玩笑意味，他伸出手來，掐著我原本就被安全帽帶勒擠成兩坨的嘴邊肉，說：「衝著妳這句話，從今天起，我會幫助妳努力減肥，但妳答應我一件事——從今天起，不可以再這樣看輕自己，好嗎？」

那時，我的臉被他掐著，頭也轉不開，只好近距離地望著他炯炯有神的雙眼。他的眼神很認真，雖然內雙眼皮讓眼珠子看來小了點，但他注視著我，說真的很難讓人有不心動的感覺……啊，這就是男人認真的眼神嗎？晉佑有，原來高嘉鄖也有。

「周阿胖妳聽到沒有？妳給我自重一點喔！」

我被他看得有點尷尬，想了想，只能勉強回答一句話，「你覺得我還不夠重嗎？」

別叫一個胖子「自重一點」，很難，真的。

22

按照高嘉郎的說法，我應該給自己更多一點信心，給自己重新站起來的力量，但問題是我能怎麼做呢？每天早上開始重量訓練般的書店搬貨，接近中午前則套上大熊裝，展開另一波悶蒸肥油，這樣就算是給自己一個新的人生嗎？

「妳需要的是一段新戀情啦。」那天傍晚下班後，我走路去藥妝店附近的永和豆漿，桌上已經杯盤狼藉，他們根本沒有與我分享的意思。在聊著所謂的新生活時，小凱這樣說。

「沒錯，揮別情傷的最好方法，就是再找下一個新對象。」星爺也附議。

是這樣嗎？我轉頭看看高嘉郎，而他對著那兩個專說風涼話的傢伙嘆了口氣，說：「你們也真夠狠的，看她死一次還不夠，非得要她死兩次才會爽。」

是有這麼嚴重嗎？其實我心裡也茫然著。新戀情哪，對象呢？場景呢？我現在每天的行程都好滿，最近認識的人當中，除了藥妝店隔壁的飲料店小開感覺好像還不賴之外，幾乎就沒別的選擇了。

吃完永和豆漿，也不急著回去休息，高嘉郎問我想不想走一走，不用去太遠的地方，就在這條商店街上逛逛也好。對於一條反覆逛了兩年的街道，我們其實誰都沒有興趣瀏覽商品，倒是星爺跟小凱說的那些話不斷在我心裡發酵，想了想，我脫口對高嘉郎說：「不然這樣好了，我們來交往一下，你看怎麼樣？」

大概是這句話太直接了，高嘉郎原本正在喝木瓜牛奶，滿臉都是幸福陶醉的樣子，結果卻差點嗆死，他咳了好幾聲，我也趕緊在他背上拍拍。

「有必要這麼大反應嗎？我只是希望你發揮『好人』的最大值而已嘛。」

「好妳個屁。周阿胖，妳的腦漿是不是在那件熊皮毛裡面都跟汗水、肥油一起蒸發了，妳剛剛說什麼？」

「不是啦，我是在想我可能需要新的人生，而你沒膽子跟別人談戀愛，那我們來試一下又有什麼關係？起碼你不會害我，我也不會害你，對不對？」我承認這是一次突發奇想，但就算稍微嘗試一下又有何關係呢？我對他說：「雖然是假假的戀愛，但至少是一次練習的機會，是吧？」

「是妳個頭。就妳現在這樣子，別說我本來就對妳沒興趣了，就算有，我也不想跟妳在一起。」他嗤之以鼻。

「因為我是胖子嗎？」我稍微低頭，立刻就聞到自己滿身油汗味。老實講，還真是有點不好意思。

「那跟胖瘦無關，我說過了，妳算是胖得好看的那一型。」他說：「問題在於心態呀，心態妳懂嗎？愛情哪能找對象來練習的，拜託，妳到底懂不懂什麼叫做愛情呀？」

「老娘要是很懂的話，還會落到今天這一步嗎？我要真的是兩性專家，我早飛黃騰達了，還需要跟你這娘泡一起逛大街？」我瞪他一眼，「不然這樣子吧，擇日不如撞日，明天我放假嘛，反正也沒別的事情好做，不如我們就來『幸福の一日間』一下？」

「那是啥？」

我嘖了一聲，有點不耐煩地解釋，說：「以前有一本網路小說，書名就叫做《幸福の一日間》，大抵上就是在講一個女學生追不到一個男老師，後來他們分開前，勉勉強強在一起了一天，算是給女主角圓一個心願這樣，所以就叫這書名了。怎麼樣，你願意跟我『幸福の一日間』一下嗎？」

「周阿胖妳瘋了嗎？」他用不可置信的表情看著我。

「很煩耶，老爺們可以不要這麼婆婆媽媽的嗎？我要是真的瘋了，你現在已經被剁碎還煮在湯鍋裡了。」我舉起手刀，「一句話，要不要？」

「我有什麼好處？」

「大不了再欠你二十萬。」

「妳以前欠的都沒還過！」

「老娘一輩子慢慢分期總可以吧？敢不從就殺死你喔！」我瞪了一眼。

什麼是「幸福の一日間」？這遊戲該怎麼進行？坦白講我沒有半點主張，會提出這種奇怪的邀請，固然是一時興起，但又何嘗不是真的希望能給彼此一點練習機會？我遲早有一天會瘦下來的，瘦了之後，該怎麼談戀愛？高嘉郎已經要升大四了，卻還宅成這副德性，別說理論上應該還是處男了，我看大概連初吻都還沒人願意收下吧？不學學怎麼談戀愛，他出社會要怎麼辦？

只是在他千百個不願意卻非得答應不可後，回到家裡，竟輪到我開始猶豫了。這樣做會不會太貿然了點？老實講，我自己也沒談過戀愛，要怎麼才能度過像情人節一樣的一天？我覺得有點為難，怪只怪那本小說被丟在彰化老家，總不可能打電話回去，叫我爸媽幫忙速讀一下再告訴我劇情發展吧？從洗澡時開始想，想著想著又打開衣櫃，拿出一堆衣服試了試，最後我在雜亂無章的思緒中沉沉睡著，根本連點頭緒都沒有。

「怎麼樣，我們要去哪裡玩？」第二天，當高嘉郎抵達時，我沒穿上昨晚試過的任何一件衣服，因為它們全都亂七八糟地擱在床尾跟地板上，結果我只好找一套很簡單的休閒服穿上。

「玩？玩個屁，妳今天放假，但我下午還得上班耶。」心不甘情不願的，他在早上九點準時出現，滿臉無奈。

「那至少要給我幸福の半日間吧？」

「有時間發這種神經的話，我建議妳還是吃完早餐回去再睡一覺吧。」他嘆口氣，把手上的一袋東西放下，那裡面五花八門的玩意兒讓我錯愕不已，有六盒裝的無糖豆漿、一把新鮮蔬菜、兩捲衛生紙、一個新的漱口杯，以及一瓶高濃縮洗衣精，跟一堆亂七八糟的清潔用具。高嘉郎說他經常在我這兒出入，小套房裡的一切他都瞭如指掌，什麼東西缺了該補，只怕他比我還清楚。

我本來想，今天可以去一趟大甲，我想吃奶油酥餅，或者去一趟清水，來點米糕也不錯，再不然往市區去，先看一場電影，也許能逛個街，名聞遐邇的忠孝路夜市我還沒去過呢！但結果全然不是我所想像的那樣。高嘉郎把蔬菜拿給我，叫我把它們當成排骨飯通通吃下去，而他隨便揀看著那堆我亂丟的衣服，東翻西翻，最後挑出了好幾件來。

「你拿我的衣服要幹嘛？那些可是我上班要穿的戰袍耶！」我哭喪著臉，為了所有沒能吃到嘴的美食而惋惜，只能隨便亂捏眼前這堆蔬菜出氣。

「我知道呀。我不但知道這些衣服是妳的戰袍，我還看它們上面沾到的那些醬油汙漬非常不順眼，不知道看過幾百次了，妳永遠也沒能洗掉。」他把那些衣服挑在手上，轉頭對我說：「除了這些，還有沒有其他的？」

老實講，我不知道那種工作服沾到醬油會怎樣，反正每天吃醬油拌青菜，隨時都可能不小心弄髒，也沒什麼好計較的。可是高嘉郎不這樣想，他說洗衣機根本沒有辦法處理這種汙漬，有些髒污就是非得手洗不可。

這就是我的幸福の半日間嗎？當我望著電磁爐上的小鍋子開始冒出白色蒸汽，一團煮爛的青菜把水也染綠時，心頭忍不住湧出無比挫折的感覺，顫巍巍的手幾乎拿不住碗筷，甚至連一點食欲都沒有。另一邊，我完全不知道高嘉郎在我浴室裡面幹嘛，只聽到洗刷與水聲不斷，在我終於強迫自己將所有辛酸都按耐下來，忍痛吃下一小口青菜後，他在裡頭喊著，叫我待會兒記得把吃完後的餐具一併拿進去。

洗什麼洗呀，有這麼急嗎？東西放著又不會長腳跑掉，等下次要用的時候再洗不就好了嗎？一邊怨悵著，我打開電視下飯，好不容易半齣周星馳的老電影播完，才把那碗「草」都啃乾淨，但一拿著餐具走進浴室，卻差點被嚇壞了。

浴室的地板非常乾淨，馬桶也跟新的沒有兩樣，毛巾架上掛了幾件衣服，那些原本沾到醬油的顯眼汙漬，現在大部分都被清洗乾淨，有些洗不起來的，也只剩下很不起眼的一點微黃。高嘉郎說這種汙漬不能直接用洗衣精，一定要先拿洗碗精來搓揉，然後才能整件下水。此外，他把浴室的每一片磁磚都刷好，連縫隙間也不放過，甚至還將原本卡在排水孔的頭髮都清理乾淨。

「我不會付你工資唷。」我說。

「也沒人稀罕妳那點破爛工資，我只是希望自己在這裡用洗手間時，可以心情愉悅點而已。」他臉上戴著口罩，手上也套著手套，左手是一支馬桶刷子，右手則有菜瓜布，這些都是他今天買來的裝備。把器具放下，他接過我的碗盤，又將那幾件衣服拿給我，叫我拎出去脫水後晾晒起來。

「欸，這不是我要的幸福の一日間啦，你就只當這一下子的男朋友，難道不能做點有建設性的事情嗎？」我站在浴室門口遲遲不動，滿臉無辜地抱怨。

「什麼叫做有建設性？是要我跟妳親嘴還是上床？很抱歉，這個我沒辦法喔。」

「不是呀，起碼你可以帶我出去玩吧？」

「整天帶妳出去玩的，那個叫做玩伴，叫做豬朋狗友。」高嘉郎把他的口罩摘下來，洗碗精倒在菜瓜布上，馬上又要開始洗滌碗盤，他雖然把自己噴得滿身濕，卻不失率性與帥氣地說：「要說我這是盡朋友的道義，不想看妳發霉在這個屋子裡也好，或者說這就是我個人獨到的幸福方式也罷，總之呢，我想洗妳的浴室已經很久了，麻煩妳不要妨礙我，好嗎，我親愛的女朋友？」

致我親愛的男朋友：幸福可以有一百種方式，但這個我不喜歡。

高嘉郥說，他本來就很熱中於做家事，在男生宿舍一住好多年，幾乎每個月他們那一寢都能拿到最佳整潔獎的福利餐券，靠的也都是他在打理。我說那再好不過，以後本廁所歡迎他常來大便。

「這就是妳對我講義氣的表現嗎？」他瞪我，「或者妳打算以後交了別的男朋友，連著幸福一起交出去的，還包括刷馬桶的刷子？」

「看在我不久前才被人甩得那麼慘的份上，別計較這點小事了，好嗎？」指指一雙因為沒能出去玩，所以剛又脫掉的襪子，我說：「這雙襪子是我最喜歡的，請小心點，可別把它洗破了。」

關於被甩的這件事，後來我常在想，在愛情裡勾心鬥角，這種事情我是做不來的；再者，其實我打從心底也認同小主的「義氣說」，是呀，與其他們誰也不好意思開口告訴我兩人相戀的事實，任由我繼續糾纏下去，倒不如乾脆寫那麼一封假的告白信，讓我知難而退比較好吧？

這一局，我承認自己是輸了，而且輸得非常徹底，幾乎是光著屁股，連褲子都當給人家了。但那又怎樣呢？起碼我還有不算太稱頭的「幸福の半日間」可以稍稍彌補一下受傷的心靈，這算是一點收穫嗎？看著自己那幾件重新恢復整潔的衣服，想想高嘉郞發揮他「好人最大值」的方式，我想這勉強可以算是吧？

昨天晚上，我脫下大熊裝後，走進藥妝店裡打卡下班，順便買了一個體重計。而今天早上站上去時，從暑假前最後一次回老家時所量過的八十七公斤，到現在只剩八十公斤，短短不到一個月，我已經瘦了七公斤。

「怎麼樣，很想吃嗎？」在我旁邊愉悅地吃著鹹酥雞，高嘉郞跟星爺他們簡直一點良心都沒有，手上捏著竹籤，另一手則拿著啤酒，痛快地吃吃喝喝，卻只幫我買一瓶礦泉水，小凱還說這瓶淡而無味的水裡，裝滿了他們對我無比的期望。

「期你老娘，給我吃一口啦！」我把那瓶水甩到一邊去。

「妳進去問問土地公呀，擲筊問問看，祂同意的話，我們也沒意見。但是殷鑑不遠，妳可別忘了自己之前是怎麼輸光的。」高嘉郞幾句話，讓我即使搶到了竹籤，卻連一塊雞肉都插不下手。他冷笑兩聲，又說：「妳念中文系的，『食色性也』這句話一定聽過吧？古人都說了，那是人類的原始本能，美食佳餚跟聲色犬馬的東西，是人們天性就喜歡追求的，卻也是最容易讓人迷失的，妳要是連這點基本的慾望都克制不了，那妳跟畜生有什麼差別？」

「我……」

「怎麼樣，我幫妳買的無糖豆漿喝完沒？每天早晚都要吃的蔬菜湯，妳有認真在喝嗎？」高嘉鄖問。

「對呀，我前幾天不是幫妳買了一盒蛋，讓妳做水煮蛋的呀，妳吃了嗎？」然後星爺也問。

「還有我千里迢迢幫妳從台南帶回來的花椰菜跟胡蘿蔔，按理說是該吃完了吧？那可是我媽自己種的，保證有機無毒喔！」最後是小凱也問。

我當然很感謝他們的熱情相挺，這些人仗義的個性實在沒話說，但他們聯手起來鼓勵我減肥，約我晚上出來運動，卻又拎了一堆我不能吃的食物。從學校操場走到後山的土地廟，沿途我都聞著那香噴噴的鹽酥雞，好不容易來到這兒，又連一口都不肯賞給我，這未免太惡劣了吧？

「不管啦，至少九層塔給我吃一點吧！」我指著紙袋邊，那是他們都沒興趣的東西。

「上面也有油。」星爺跟小凱一起搖頭。

「反正我現在也沒對象，沒有人會嫌棄我，一口就好，拜託！」我幾乎都快哭出來了。他們為我張羅的各式減肥食譜，每天我都乖乖照著吃，但實在太清湯寡水，反而逼得我更渴望吃點正常人吃的東西。

「妳敢說妳沒對象？那飲料店的小開妳要怎麼解釋？」高嘉郎哼了一聲。

然後一個名為「八卦」的話匣子就被打開了。星爺跟小凱瞪大雙眼，迫不及待想問細節。之前晉佑的事，他們只略知一二，即使是哥兒們，高嘉郎也沒把我的私事洩漏太多，所以這兩個好事的觀眾現在一聽到「對象」二字，自然全都把注意力聚焦在我身上。

雖然不是深山野嶺，但四下荒僻無人，除了一條下山的小徑，這兒根本無處可逃，我迫於無奈，非得乖乖坐下不可，但靈機一動，我指著鹽酥雞的袋子，說至少來一塊，否則今晚可沒故事好聽。

「愛講不講隨便妳，大不了今晚回宿舍後，我再慢慢跟他們說就好，反正妳的八卦怎麼樣，我也一清二楚。」高嘉郎冷笑，「至於鹽酥雞嘛，妳就不必癡心妄想了。」說完，他把最後一塊塞進嘴裡。

我算是死心了，眼看著東西都吃光之後，他們把塑膠袋跟紙袋揉成一團，在最初的鬧鬼疑雲後，現在他們都很小心翼翼，再不敢隨便亂扔垃圾。而我乖乖坐在廟旁的樹下，把事情經過娓娓道來。

事情其實很簡單，昨天傍晚一如往常炎熱，我在密不透風的大熊裝裡，正鼓起最後一點僅存的力氣，隨著破爛喇叭裡放送出來的無聊音樂擺動屁股，一邊把傳單發給路過的民眾，就在那時候，一道絢爛的光忽然出現眼前。那道光哪，它穿透了熊皮毛的遮蔽，映入了躲在熊眼珠子後面的我的眼睛，讓人差點睜不開眼，幾乎站立不住，我當場倒退三步，身子碰上了藥妝店的玻璃門，險些摔倒在地，與此同時，我彷彿聽見清脆悅耳的天籟，感覺自己像置身在一個與現實世界迥異的時空中，我全身輕飄飄的，也不覺得悶熱了，遍體清涼，宛如置身西方極樂世界……

「周阿胖，妳現在說的是人間發生的事嗎？」星爺聽不下去了，他直接在我肥肥的臉上輕拍了一巴掌，「講點有可信度的好嗎？」

「好吧，簡單來說就是兩句話，」因為被那一巴掌打回原形而非常不爽，我沒好氣地說：「我差點中暑，跌倒的時候被隔壁飲料店的小開扶起來，就這樣。」

「就這樣？」一個子本來就很瘦小的小凱瞪著眼睛問我，如果倒下去那一刻，換成是他來拉我，我是不是也會愛上他。

「被人拉起來，跟被猴子拉起來，是完全不同的兩碼子事。」我非常殘忍地回答。

我再三跟他們強調，那不是戀愛的感覺，只是好感，也只是欣賞，為的是小開秀氣的臉龐，還有他講話時所露出來的潔白牙齒與溫柔語氣。當時他正牽著一個看來大概不到三歲的小男孩，他說：「來，舅舅抱你，我們來跟熊熊一起玩！」

在藥妝店上班一陣子了，我躲在熊裝底下，在滯悶的空氣中，一邊嗅著自己噁心難聞的汗臭味，一邊手舞足蹈，但同時也從細小的圓孔洞中，偷偷窺探著這個世界。我早就發現小開的存在，覺得他真是一個朝氣十足的大男孩，每天早上十點半左右，他固定進行著諸般開店作業，同時也常保笑容，跟每一位上門顧客寒暄招呼，彷彿所有人都是他的朋友，而我也總在每天上班前，固定買一杯飲料。

「媽的，妳還偷喝飲料！」小凱嚷著。

「閉嘴，我喝的是無糖綠。」瞪他一眼，我說。

雖然我不知道這位陽光小開的姓名，卻對他頗有好感，像他那樣的人，似乎總能給大家帶來正面能量的樣子。有一次午後忽然下起雷雨，騎樓下半個客人也沒有，我正頂著熊頭，挺起肥肥的熊肚子，在那兒懶洋洋地晃來晃去時，有個騎著拖板腳踏車，專門撿拾回收垃圾的老人家過來避雨，他不但好心地斟了一杯飲料給那位老伯，還拿出他們店裡的一堆紙箱跟空瓶，幫忙冒雨裝載上車，那時我就覺得感動不已。

「那他見過妳的真面目了嗎？」星爺打了個岔。

「還沒。」我搖頭，事實上，聰明睿智、眼神裡泛著祥和與智慧之光的小開只知道熊裝裡肯定有人假扮，卻從來沒跟我講過話，也沒見過裡面的人究竟什麼模樣。

「那就好。」星爺拍拍胸，露出一副好險好險的表情，「我勸妳，就讓這個美麗的誤會一直保持下去吧，好嗎？」

「去死。」我瞪他一眼，轉頭對高嘉郎說：「我告訴你，那個男人我要了，我相信他能為我帶來真正的幸福，真的。你去幫我想想辦法，看有沒有什麼好點子。」

「這麼快就決定了？妳確定自己準備好了？」他咋舌。

其實我也明白，他指的當然不僅只是減肥的這件事，更多的意思，是想問我是否已經從小主跟晉佑所帶來的傷害中痊癒了，但想當然耳，這種創傷沒經過一點時間，我是根本站不起來的，只是聊天的這當下，因為都是自家好友，隨便鬼扯幾句也無傷大雅，況且我也不覺得那個小開有給我戀愛的感覺。

「不管了，反正呢，明天下班後老娘要去置裝。我什麼沒有，就是肉多，隨便買幾件低胸的也能嚇得死他，對吧？」我跟高嘉郎說：「你明天傍晚有沒有空，有的話就陪我逛個逢甲夜市吧！」

「周阿胖，我很誠摯地想提醒妳一句，別說低胸裝了，妳就算脫光也沒用，因為上班的時候，罩在妳原本衣服上面的，還有一隻大蠢熊；而我敢擔保，在妳買一杯無糖綠時，他所能見到妳真面目的那一分鐘裡，他要嘛忙著開店，再不就根本沒睡醒，妳光著屁股去買他都不會有反應的。」高嘉郎這話一說完，星爺口中的啤酒已經噴了出來，而他接著的下一句，則讓小凱笑得跌到地上。他是這麼講的，「再說了，『瘦子穿什麼都是百搭；胖子穿什麼都是白搭』，這兩句是我昨晚在電視上看到的台詞，剛好原封不動送給妳。」

「瘦子穿什麼都是百搭；胖子穿什麼都是白搭。」

——共勉之

「品好呀，妳需不需要休息一下？」店長走過來叫我時，差點被我正揮舞著的熊掌給拍倒。最近這幾天，店家附近的鄰居們都曉得了，當這隻深褐色大胖熊開始跳起舞來，那可是六親不認的，非得等牠跳夠了才能停得下來。為了避免被無辜誤傷，大家都知道必須站在一公尺開外的安全範圍圍觀，只有平常老窩在店裡吹冷氣的店長才會傻傻地湊過來差點中招。

我很敬業地遵守著既然化身大熊就不能隨便開口說話的原則，對她搖了搖手，還扭了幾下屁股，活潑可愛的討喜模樣惹來圍觀群眾的一陣掌聲，還有人拿出手機來錄影，偶爾也會有媽媽帶著小朋友來要求合照，我通通來者不拒，也趁著大家目光都被吸引過來時，對大家彎腰鞠躬，並做了一個邀請大家到店裡走走的動作。

不需要多餘的休息，我只依照店長原本面試時就談好的，每穿戴五十分鐘，可以休息十分鐘的規定，此外，除了擺出各種招睞客人的動作外，我還很認真地編了一套舞步，這是根據網路上找到的影片改良而成的，但那些過於花俏的動作就免了，唯有扭臀擺腰的幾招還過得去。我一邊跳舞時一邊心想著，倘若除去這一身可愛的熊裝，不曉得那個小開還會不會站在旁邊，依然用欣賞的眼光看著我？

外面氣溫至少三十幾度，而熊裝裡面更悶熱，汗水已經濡濕全身，頭套也漸漸感到沉重，但我沒有輕言放棄，努力催動著身體裡的每一分僅存力氣，而心裡裝著滿滿的對食物的渴望。

誠如高嘉郎所說，克制不住原始慾望的人跟畜生無異，但如果從此禁絕了這些想望，那我們活著還有什麼意義？瘦下來是為了什麼？不就是為了吃更多東西嗎？

二十幾年了，夠了，我已經受夠了那種處處讓人嘲笑的生活！再見吧，周阿胖，這個跟了我好多年的綽號，就讓它隨著大熊裝裡的髒臭汗水一起沖刷掉吧，當那些汙名都融化後，等我摘下頭套時，我要變成一個嶄新的人。

「欸，周阿胖！我……」

我很賣力地舞動雙手，這時要為觀眾表演的，是野獸版的黃飛鴻。我還記得我哥說過的，黃飛鴻的獨門絕招叫做無影腳。就在我拉開架式，雙手保持平衡，準備抬起大熊腿來個連環踢時，手才剛舉高，不偏不倚就打中了一個輕易靠近我的倒楣鬼。

活該，誰叫你走過來打擾我的精彩演出，而且還叫了一聲老娘正忙著擺脫的難聽綽號。高嘉郎挨了重重一擊，整個人仰頭翻倒，不但撞翻了擺在門邊花籃裡的特價商品，而且還流了不少鼻血，嚇得店長趕緊跑出來探視，問他需不需要救護車。

「不用那麼誇張啦，衛生紙擦一擦就沒事了。」我不得不稍微打破成例，壓低聲音，靠近店長跟高嘉郎的耳邊說話，但語氣稀鬆平常，連頭套都沒摘下來。伸出熊掌指指點點，我叫那個笨蛋自己到店裡去找地方坐一下，「再五分鐘，等我的演出結束了，再來看你死了沒有。」

「不說別的，光是我幫妳搬家、替妳找房子、找工作，權充妳失戀期間聽妳多少牢騷抱怨的最佳垃圾桶，還免費幫妳刷洗浴室跟洗衣服，妳就該喊我一聲『恩公』了，況且今天我還給妳帶了點減肥的好東西來，但妳居然這樣對我。」他摸摸自己的鼻子，說裡面的骨頭大概移位了，雖然止血成功，可是現在一摸就痛。

「大男人的，不要在乎這麼一點小病小痛。」我呸了一聲。

「不看那些情面，妳也看在我陪妳吃晚餐的份上，稍微關切一下我的傷勢吧？」

「第一，你那算個屁傷勢，留幾滴血而已是會怎樣？我只是不小心揮到你的臉，又不是瞄準了一拳打過去。人家電影上那些照著臉打的都不會有事，你這會有什麼大礙？再說了，什麼叫做陪我吃晚餐？你自己看看桌上擺了幾副碗筷，有我的嗎？」我把手上那個塑膠杯重重一頓，說：「老娘的晚餐就是這杯你帶來的難喝奶昔而已，這能算是晚餐嗎？」

看著我們鬥嘴，在座的大家都笑了。原本一下班就要過來聚會，然而我身上那股酸臭汗味實在連自己都受不了，只好請他載我先回去洗個澡。等終於又恢復一點人類氣息後，他拿出今天傍晚就拎在手上的大紙袋，裡面裝著兩罐像奶粉的東西。他說那是他姊姊特別寄來的減重奶昔，要價可不菲。

「這麼好心，你還破費買這種東西給我？」那時，我一邊擦著頭髮，一邊問他。

「別傻了，哪可能？」他笑著說：「我姊之前也在減肥，不過後來失敗了。她買了一整箱這玩意兒，堆著也是堆著，過期了可就浪費了，對吧？」

「喝了這個就能變瘦嗎？」我有點懷疑。

「森林裡的小熊跟著甜味走，就能找到蜂蜜；妳乖乖聽我的話，認真喝下去，就可以遇見全新的自己，而且是瘦瘦的自己。」

「敢騙我你就試試看。」我瞪他。

於是，從家裡泡好了奶昔，我拎著杯子，坐在菜香四溢的快炒店裡，明晃晃的日光燈下，周遭盡是酒酣耳熱，小桌上擺著金沙中卷、蔥爆牛肉、鐵板鮮蚵、醬炒筍筍、糖醋魚跟一鍋我不知道是什麼的湯，但那些都跟我無緣。高嘉郎說了，從今天起，我每日的早、晚餐，就只能是這杯東西。

「喝一杯根本不會飽。」看著人家大啖美食，我只好咳聲嘆氣，一口氣把減重奶昔喝光。

「放心，一杯不夠的話，妳可以再喝第二杯。」高嘉郎說著，跟我介紹起今天他另外又約來的一位朋友。那是個個子矮小，但穿著背心卻露出結實肌肉的男生，他叫烏鴉，目前是有氧舞蹈社的副社長，也是高嘉郎系上的學弟，準備接手他宿網維修管理員的工作。

「你不幹啦？」我愣了一下。

高嘉郎點點頭，他說一個打工能做兩三年，也算做得夠久了。大學生活不想永遠只活在學生宿舍裡，趁著最後這一年，他想多看點不同的東西，因此才把自己系上的學弟找來填補肥缺。

「但是他看起來一點都不宅。」我指著烏鴉。

「有些人宅在外表，有些人宅在內心，這就是所謂的人不可貌相，那些看起來活潑的，搞不好內心都很空虛，就像某人一樣。」高嘉郎聳肩，還朝他學弟方向瞄了一眼，結果烏鴉立刻回他一句，「學長，別忘了你今天有求於我喔。」

臉上滿是苦笑與無奈，高嘉郎告訴我，當年他剛認識烏鴉時，這學弟胖得跟球沒有兩樣，可是才短短一年，烏鴉已經脫胎換骨，不但甩肉成功，而且練出一身好肌肉。今天藉著這個機會，一來他們交接宿網維修的工作內容，二來也想拜託烏鴉傳授幾招，或許對我的減重大業能有所助益。

「很簡單嘛，就是『動』而已，而且是有效率的動。」大夥愉快地吃著飯，就剩下我百無聊賴。烏鴉酒量很好，當其他人已經出現醉態時，他還能精神奕奕。他們聊完了宿舍裡打工的細節後，桌上已經多了好幾支空酒瓶，烏鴉這時才有空理會我的提問。他說：「要有足夠強度的運動，要動用到大量的身體肌肉，而且也得維持足夠的時間，才能燃燒妳體內的脂肪，所以每次至少都得做三十分鐘以上。以妳的身材，想要瘦下來的話，出去外面學，價碼應該不便宜，但咱們打開天窗說亮話，我坦白告訴妳，這其實不是一件很困難的事，錢也不需要白花，真正重要的，只是毅力而已。」

「毅力？你是在暗示我，說這會很辛苦嗎？」

「天底下沒有躺著就會變瘦的好康優惠吧？」他微笑著。

「如果我跟你學，你可以算我便宜點嗎？」

「小高學長都幫我介紹打工了，再跟妳收錢就不好意思了。」烏鴉豪爽地說：「這個暑假我盡量幫妳，除了跳舞之外，再加上學長說過的，關於妳的打工內容，以及適當的飲食控制，相信至少可以減個二十公斤沒問題。」

「二十公斤？」我大吃一驚，這未免太過驚人了吧？

「只是真的會很折磨唷，妳受得了嗎？」他問。

我嚥下一口口水，直覺認為這所謂的折磨一定不是平常人所能忍耐的煎熬，正在猶豫著要不要回答時，高嘉郎滿身酒氣地湊過來，他似乎是忘了，儘管我們曾經短暫「交往」過，而再怎麼要好，即使可以好到口無遮攔的地步，但我畢竟還是女生，而他是個不折不扣的男人。他靠到我身邊，手臂從我背後繞過去，手掌翻回來掐掐我臉上的肥肉，那種感覺就好像被他整個給攬住一樣，他說：「周阿胖可以受得了，我代替她回答你。」

「代替我？」我轉頭，高嘉郎的臉離我好近。

「別讓我失望，也別讓妳自己失望，」不像喝醉的樣子，他認真地說：「勇敢一點，妳不往沒走過的路走去，就永遠無法去到妳沒到過的地方。」

不往沒走過的路走去，就無法到達沒到過的地方。

——我「前男友」說的。

「妳好。」每天當我走近櫃台邊，眼睛在價目表上瀏覽著，還沒開口說出自己想喝的飲料前，總會聽到他開朗的一聲問候。

「你好。」我抬頭看他一眼，按照慣例，在瀏覽一回後，只點了無糖綠茶。

「不知道是不是我的錯覺，妳最近好像瘦很多喔？」放下手中的刷子，小開暫緩他的清潔工作，走過來，拿起金屬搖搖杯，幫我製作飲料時，他隨口問：「看妳每天都來買一杯無糖綠，是不是妳都不喝甜的飲料？」

「對呀。」我投以一個燦爛的笑顏，但心裡其實在吶喊，什麼不喝！我巴不得你倒一杯不含茶不含冰的純果糖給我，老娘保證當著你的面，十秒之內喝完它！

買完那杯飲料後，我會轉身繞過這排房子的正面，沿著邊間的藥妝店那條防火巷，直接走到後門，在那兒有個員工出入專用的門口。從小門進去打卡換裝，等我又回到店面騎樓下時，小開看到的已經不再是剛剛那個我，而是一隻蹦跳著愉悅舞步的大熊。

他從來不知道，每天買無糖綠的女孩，就是熊裝裡面的這個人。當他抱著自家外甥，過來跟我熱絡嬉戲時，我一次也沒發出聲音，更沒有摘下頭套，但我會抱著小孩，或者跟小鬼拉拉手，一起玩上片刻，以展現本店招牌熊的親民。

小開姓莊，但具體的名字我不清楚，倒是有一天的中午休息時，聽店長說起他們家的八卦。原來小開當年大學畢業後，本打算繼續出國深造，然而那時他父母身體健康接連都亮起紅燈，他因此毅然決然地放棄了出國夢，開了這家加盟飲料店，以照顧父母為主要目的，就這麼留了下來。好幾年過去後，他父母健康都穩定了，而他也已經淡了繼續念書的想法，倒是一家店照顧得有聲有色，生意算得上是不錯，而最重要的是，他單身。

店長一邊聊著，口沫橫飛的，還說幾次想幫小開作媒，推薦店裡的女員工給他，但小開都拒絕了，理由是工作太忙，雙親還得照顧，暫時不考慮結婚的事，至於談戀愛，他也想等緣分自然到來就好，卻不希望經由他人刻意介紹。

這就對了，緣分要來的時候，是不需要別人安排的，我躲在熊裝裡，儘管汗水正刺激著雙眼，有點睜張不開，但還是不時地往飲料店望過去，偷偷在心裡跟他說：你就再等等吧，別急，距離我們緣分到來的那一天，其實已經不遠了。

◉

上次透過高嘉郎而認識的烏鴉果然是一個嚴苛的健身指導教練，雖然他每週只跟我見兩次面，每次都只傳授一點基本知識，但我每天乖乖依照他的指示，打開他給的教學影片，跳上一個小時的有氧舞蹈。

為了有助於減肥，高嘉郥帶我去買了跳韻律舞的衣服，還捧了一大箱葡萄柚來。他說歷經那麼多根本無效的飲食控制法後，這次他在電視上看到的，是連醫生都背書保證的最後一招，葡萄柚搭配減重奶昔，肯定有效。

「真的有效，對吧？」我被狠狠操練了大半個月後，再見到高嘉郥時，已經足足瘦了一大圈，他很好奇我現在的體重，但我搖頭，說儘管體重計就在那兒，可是這陣子以來，我卻一次也沒有再量過。

「為什麼？」他很不解。

「如果照鏡子就能知道革命尚未成功，那站上體重計還有什麼意義？」

在我的房間裡，他只能坐在角落邊，忙著幫我刷洗球鞋上的髒汙。因為偌大空間都被我規畫成運動場，電腦螢幕上正在播放音樂律動非常輕快，而示範老師綻放著笑靨在帶動的有氧舞蹈。其實我已經不需要時時盯著畫面了，練了那麼久，這些動作我早已熟悉，也老早記憶在心。

見我在忙，他沒敢打擾，只說自己已經找到新的住處，下學期開始就不再住學校的男生宿舍了，除此之外，他還打算重新找個打工機會，希望可以提早跟社會接觸，為畢業後做準備。

「我們店可不缺人喔。」

「那你們隔壁的飲料店呢？」

「想都別想。」我身體的動作沒停，卻回頭瞄了他一眼，「休想跑來破壞老娘的好事。」

「妳真的要把小開當目標呀？」他很驚訝。

「目前還不確定，但如果要有一個驅使我前進的動力，他倒是不錯的人選。」一個彎腰動作要做八拍，這是整段舞蹈中最讓我痛苦的，因為腰際的肥肉全都擠在一起，想折下去還頗有困難。但一邊努力，我一邊開口說：「雖然八字還沒一撇，但總之就是個機會嘛。」

「雖然在討論新歡時不應該這樣煞風景，但我忍不住想問，舊愛給妳的傷口，妳真的痊癒了嗎？」

「誰知道。」我搖頭，搖得過猛了，差點摔個跟斗。

我是很欣賞那個小開的，為了他的陽光朝氣，也讚許他的孝心，重點是他的外貌還不差，是正常的女孩都可能為他而心動。只是我捫心自問過許多次，特別是當我窩在熊裝裡面，將自己與這世界畫分開來，一邊操演著笨拙的動作時，我心裡卻能增加許多跟自己對話的空間，我問自己，心動嗎？不曉得為什麼，看著那個小開，我總察覺不到有跟當初遇見晉佑時一樣的悸動感。是不是我還沒從陰影中走出來？這個我自己也不知道，所以高嘉郎問我，我也無法回答。

不過就算這樣，應該也無傷大雅吧？我跟高嘉郎說，舊傷痊癒與否，其實不是很重要；小開能不能帶來真正的幸福，那也無所謂，反正我這時候還挺著一顆肥肚子，在這兒東彎西折著軀幹四肢，談什麼都還早了點，充其量，小開只是一個動力的寄託而已。還是那句老話，機會是留給準備好的人，而我目前仍在準備中。

「搞半天，還是滿腦子只想談戀愛嘛！」他嗤之以鼻。

「女為悅己者容，這句話可是你說的。」我還他一個不屑的冷笑，又嗆了一句，「而且都怪有個人非常不敬業，難得的幸福の一日間，硬生生扣我半日不說，還不肯帶我出去玩。」

「不是兩個人一天到晚出去玩才是愛情，愛情有時候只在柴米油鹽間。」他刷我球鞋的樣子，看起來根本就像個小孩在玩玩具，卻說：「妹妹，妳要成熟點，學學姊姊好嗎？」

「原來你對我用情這麼深。」我冷笑說：「這樣吧，我這個月拿到薪水時，送你一張真正的好人卡，純金打造的喔，A4大小夠不夠？要不要順便幫你裱框起來？這樣可以慰勞你辛苦幫我擦鞋的委屈嗎？」

「純金卡片就免了，反正擦鞋也不算多辛苦，真正委屈的是我的眼睛，看一團肥肉在那裡扭來扭去，這才是最難熬的。」

他話剛說完，我隨手抓起擦汗的毛巾就扔了過去。

音樂結束，我也氣喘吁吁，可是按照烏鴉的規定，卻不能一屁股坐倒，還得原地踏步幾下，讓自己身子稍微緩一緩。高嘉郥擦完鞋子後，從他的包包裡拿出一盒巧克力，說要送給我。

「幹嘛？」話問出口，我忽然醒覺，對囉，情人節，七夕，這是暑假中唯一一個重要節慶。

高嘉郥口氣稀鬆平常地說，他心裡原本有個不錯的對象，本來是打算要拿去告白的，但沒能來得及說出口，眼見是沒希望了，不如轉送給我。

「等妳瘦了再吃嘿，要是等到它過期，那就是妳無福消受了。」

「告白？你？」一聽到他剛剛那幾個關鍵字，我立刻把最愛的甜食先扔一邊去，忍不住瞪大眼睛，想知道這打死不談戀愛，要戀愛也不知道對象是男是女的死宅男，他的告白對象到底是誰，「才剛聽我說完小開的事，你就說沒機會告白了，莫非你暗戀的人是我？」

「妳肥油沖腦，頭殼壞掉了嗎？我看得上妳？」高嘉郎呸了一聲，卻壓低音量告訴我，「這件事，天底下只有妳一個人知道，千萬別說出去。」

「我洗耳恭聽。」也顧不得原地踏步了，我立刻縮身到他跟前。

「經過我千百回的思量琢磨後，終於得到一個真正的答案，現在的我確信，其實我喜歡的是男人。」他表情嚴肅地說。

「真的？」我瞪大眼睛。這種事實在讓人難以置信，雖然我不清楚同志之間的擇偶標準，或者他們日常中究竟有哪些地方可能跟異性戀者會有差異，但在我的印象中，高嘉郎就算從來沒說過他喜歡誰，卻也從未表現出他對男人真的很有興趣的樣子。不過與此同時，我也恍然大悟，之前還有過疑惑，怎麼會有男生那麼愛做家事，原來那是他個性中「溫柔賢淑」的一面使然呀？

「是以前聯誼時跟你同車的學弟嗎？」

「拜託，學弟是個什麼東西，要跟真正的大餐來比，他連當小菜的資格都沒有好嗎？」

「你的大餐是什麼類型？」

「我心目中最理想的伴侶其實是金城武，但如果要談戀愛，我會選梁朝偉或張孝全。」

「彭于晏跟黃曉明不好嗎？王陽明或阮經天呢？」

「他們都有點邪氣，我不喜歡。」高嘉郎說他只對眼神會放電的男人有興趣。

「其實，我覺得你這是在唬爛，為的只是怕我哪天又約你來幸福の一日間而已。」我搖頭，「怎麼樣，你敢發誓嗎？」

「如果我說謊，我就交不到男朋友，只能一輩子跟妳這個死胖子在一起。」信誓旦旦的，他說。

然後高嘉郎就被揍了。

在愛之前，一切問題都不再重要。

雨停了，雲散開了，
陽光探頭，像是愛情要來的瞬間。
你說那還不夠，
一份完整的愛，需要的不只好天氣。
還需要兩個好人才行。

除了你，我想不出來還有誰是好人，
北極熊喜歡吃鮭魚嗎？我喜歡你。

26

高嘉郎說這是個令人惆悵的情人節，沒有情人的人，在這種節日總是格外神傷，但我回了他一句，情人節如果非得要有情人才能過，那清明節我們是不是要出去殺幾個人？

然後他就閉嘴了。

那盒巧克力被我供起來，就供在冰箱最深處的角落，成為支持我繼續揮灑汗水的動力之一。他那天回家前還說，如果連我都不肯收下的話，他就要學學網路上有人出的一個餿主意，把東西拿回家樂福，趁著人多的時候，在裡面偷藏一張「情人節快樂，但我們分手吧！」的紙條，給下一個買它回去的倒楣鬼。

「好心點，積積陰德吧你。」我哭笑不得地說。

一個暑假很快就過，這三個月，我彷彿歷經了一次壯烈的戰役，緊繃的戰情讓人片刻不得鬆懈，只能枕戈待旦，隨時警戒著。原本店長每個月都要把大熊裝送洗一次，但為了我，她特地縮短間隔，改成半個月送洗一次，理由當然是因為裡面總是揮之不去的油膩與汗味。即使每天下班後，我都把熊裝的拉鍊扯到最底，整件反過來放在通風處，但依舊無法稍稍減緩那噁心氣息的侵略。當我第六次把大熊裝從洗衣店拿回來，連同登記費用的收據一起交到店長手上時，她語重心長地說了一句，「看來我們藥妝店可以收掉了，多買幾件大熊裝，也許就可以開一家減肥訓練班。」

那時我笑了笑，沒有告訴她，除了這隻陪伴我三個月的笨熊，其實我還喝了減重奶昔，吃了葡萄柚大餐，每天跳一個小時有氧舞蹈，之前還每天搬三個小時的講義、考卷跟自修，而最重要的是，這三個月來，我幾乎沒有攝取過任何糖分跟澱粉。這代價是什麼呢?代價就是我有好長一段時間，一直都處在頭昏腦脹、腳步虛浮的狀態中，幾度差點在店門口昏倒。

「還剩下快半個月時間，怎麼樣，要不要撐完全場?」店長手上捧著新洗過的熊頭，問我距離開學的這最後一點假期，是否願意留下來。

「那有什麼問題?」我微笑著，轉過身去，請她幫我將背後的大熊拉鍊拉起來。

「妳第一次穿的時候，身體幾乎可以填滿裡面的空間，而現在，我覺得我可以跟妳一起擠進去了。」店長的個子很瘦小，居然真的抬起腳來，準備要往裡頭擠。

「撐壞了算妳頭上。」我哈哈大笑。

五十二公斤。從八十七到五十二，足足少了三十五公斤，這遠比烏鴉預估的成效還要驚人，當然也讓我自己咋舌不已。昨天晚上，我摸摸鬆垮垮的皮膚，站上體重計時，第一個念頭是它該不會壞了吧？過了保固期限沒？還能修嗎？但轉頭又想想，或許自己眼睛沒有看錯。我打了電話給高嘉郎，叫他再次展現網路無國界的本領，二十分鐘內，他也幸不辱命，真的借來一個體重計，那電子螢幕更加精準，真真切切地顯示著阿拉伯數字，寫著五二·三的數字。我在那兒看了許久，看到眼淚都流了出來，一滴淚滴在體重計上，但眼淚沒有重量。當液晶螢幕歸零後，我忍不住抱著高嘉郎的肩膀哭了起來。

「恭喜妳。」充滿溫柔呵護的語氣，他反手也抱著我的背部。

「恭喜我。」我噙著淚水。

「妳現在像個真正的女人了。」他又溫言說。

「我終於像個真正的女人了。」

「現在妳準備好了。」

「現在我準備好了。」我點點頭，離開他被我眼淚沾濕的肩膀，我深呼吸一口氣，說：「我要準備戀愛了。」

「加油，妳可以大張旗鼓準備談戀愛，我們去未雨綢繆準備迎接妳失戀。」他說，結果被我狠狠揍了一拳。

「妳今天看起來很不一樣呢。」難得一次，在下班後還走過來買飲料。平常我只在早上出現，一杯無糖綠就是一天唯一的飲品，但今天格外不同，因為我身上已經不再有太濃烈的、因為大熊裝而悶出來的油汗味。不過為了保險起見，站在飲料店門前，我還是稍微拉開些許距離。

「有哪裡不一樣嗎？因為我是下午才來嗎？也許夕陽角度有影響？」

「當然不是呀，妳好像心情特別好的樣子，一直笑咪咪的。」小開說著，問我是不是學生，或者是上班族。

「我快升大三，趁暑假在附近打工，開學後就不做囉。」

「那很可惜，我只能再賺妳半個月的飲料錢。」

我微笑著，心想，對呀，半個月後，如果老娘把到你了，幹嘛還需要自己掏錢買飲料？不過心裡想得邪惡，嘴裡卻說：「那我們就好好珍惜這剩下的十五杯無糖綠吧。」

熊裝變得很寬鬆，儘管悶了一整天，依然會滿身汗味，但或許是心理因素使然，總覺得好像沒以前那麼臭了。而一段時間下來，習慣了少量進食的結果，現在的我雖然還是會有飢餓感，但食量大幅減低，特別是像這種晚餐時間，店長能吃得下一個便當，我卻只啃得完兩塊滷味攤子的百頁豆腐，而且豆腐還用開水洗過，把上面的醬汁全都給沖掉了。

「妳都不吃肉呀？」

「也不是不吃，只是現在變得很不愛，不管吃什麼肉，都覺得有股腥味，吃不慣。」我搖頭。

「那妳很適合跟隔壁的小開湊一對，他們家都吃素，妳去了剛剛好。」店長大笑。

我愣了一下，小開他們家是吃素的嗎？店長說她當初想作媒，已經把小開的底細打探得一清二楚，只可惜始終沒能找到適當人選，畢竟小開實在是太挑剔了。

「我看他愛機車比愛人多。」店長說。

「機車？是那種很大台的重機嗎？」

「那倒不是，」店長啃著剩餘的半塊排骨，指手畫腳地告訴我，個性節儉的小開當然不可能花大把銀子去買重型機車，不過他那一部普通的一二五，東改西改的，其實也花了不少錢，車子平常都停在店門口的騎樓邊。

我點點頭，原來如此哪！這一整排店面，大家都把騎樓視為一級戰區，各式花車或棚架擺得到處都是，小開他們家雖然是賣飲料的，沒有促銷商品要擺，但也放了兩張桌子在那兒。我每天跳大熊舞的時候，經常看到那部車身貼了一堆貼紙，燈泡五顏六色的怪機車，心裡也曾經納悶，小開怎麼會縱容附近的鄰居把車亂停在他店門口，現在才恍然大悟，原來那是他自己的車。

我在心中偷偷筆記，嗯，小開喜歡玩機車。耳裡聽到店長又說：「還有呀，那個小夥子，妳別看他個子雖然不高，但是挺愛打籃球的，一有空就抱著球找人玩去，就在我們後面那個球場。妳說嘛，哪個女孩子會想跟男朋友一天到晚在球場晒太陽，對吧？」

「妳知道得挺清楚的嘛。」

「廢話，藥妝店的店長只是我的副業，我真正的工作其實是專業媒人婆耶。」店長自豪地說：「別說客觀條件我都一清二楚，就連他店裡晚班的那個小妹，心裡一定暗戀著小開，我連這個都看得出來。」

「看得出來？」

「當然。」她說：「生物學家說，人在有情慾波動的時候，身上會分泌一種叫做賀爾蒙的東西。」

「是費洛蒙吧？」我覺得自己臉上有線。

「隨便啦，反正就是有種物質就對了。」店長擺擺手，說：「我不是生物學家，但我看得出來，人在情生意動的時候，眼裡也會有異樣的光，那個晚班小妹的眼睛裡面有，我們店裡面幾位小姐在講到自己男朋友的時候也會有，至於妳……」

已經下了班，熊裝早就脫下，本來我們好端端坐在一起吃晚餐的，但這時我一側身，把那顆熊頭撈過來，直接往頭上套。

「不勞費心，我的公熊我自己找，謝了。」我躲在熊頭裡說。

自己的國家要自己救，自己的幸福也要自己找。

本來我以為高嘉郥會反對，甚至也可能拒絕的，但沒想到他居然只沉吟了半晌就點頭答應。我們窩在車行裡，看著油壓升降的台座把他那台舊機車慢慢抬高，滿手油汙的老闆熟練地卸下一個栓子，先漏掉裡面渾濁的機油，再注入新的一罐，然後仔細檢查輪胎與各項細部零件。趁著他在忙活時，我們開始詢問，如果想要改裝機車，大致上可以怎麼著手。

「一般來講都是從輪胎跟傳動下去進行啦，傳動當然就是引擎動力的系統，有了好的動力，也需要能勝任的輪胎嘛，這兩個都處理起來後，如果還有需要的話，就再從其他部分加強囉。」

「那排氣管呢？」我想起自己在馬路上經常聽到的那種改裝排氣管噪音。

「也可以改裝呀，只要噴口不要太高，別噴到別人的臉，基本上警察也不會管。」

「可是那會很吵耶？」

「吵又怎麼樣？也不是每個在路上巡邏的警察都隨身攜帶分貝測量的儀器，對吧？」

老闆笑得很賊，但他又看看高嘉郥的車，轉過頭來對我們說：「兩位不要怪我講話不中聽，你們如果想改車的話，起碼要有一輛像樣的車才行。」

「什麼意思？」高嘉郎一臉不高興地問。

「你是年輕人，應該懂電腦吧？電腦語言是0與1的組合，這個你知道吧？」無異是班門弄斧，居然在電腦行家面前談這個！我正想看這老闆要吹噓什麼，結果他要講的原來跟電腦一點關係都沒有。他說：「一是一個存在的最基礎，有了一，後面可以加上的東西就無限多了，那就是改車的意義；至於你這輛車，不好意思，你這個是〇，〇的後面不管放什麼，結果都還是〇，勸你省省吧，老弟。」

我差點笑彎了腰，高嘉郎則是恨不得殺了那老闆洩恨。

燈光有點黯淡，校園靜謐，暑假的尾聲，誰不想把握時間努力去玩耍？大概也只有我們這種還留在學校附近的人才會百無聊賴地又逛回來。

「怎麼樣，要不要請我吃個消夜，看在我犧牲自己的人格，去換取妳想要的機車改裝知識份上？」他雙手插在口袋裡，一件短褲下閒晃踢蕩的是兩條毛茸茸的腿，非常悠哉的樣子，高嘉郎問我。

「消夜沒問題，但還是老樣子，你吃就好。」

「妳又不吃？真轉性啦？」他很訝異。

我說一來是自己習慣了少吃東西後，感覺連胃的空間都變小了，二來則是今天雖然很順利地用幾百塊換到了些許知識，但心裡總隱隱然有些忐忑。

「這樣真的好嗎？」

「什麼意思？妳是說吃消夜的事嗎？」

「別光想著吃東西好嗎？」我苦笑著，「因為知道對方喜歡什麼，我就特別見縫插針地下手，感覺上好像不太光彩？其實，喜歡小開的，還有他們店裡的晚班小妹，那女生我見過，應該是個大一或大二的女生，腦袋也不特別聰明，就算不耍任何心機，我都覺得自己瘦下來後，應該很有機會贏過她。」

「這麼快就有競爭者？」

「是呀，但就算近水樓台可以先得月，我也不是很擔心。」我說：「我比較介意的，是我們現在在做的事。」

「我們其實什麼也沒做，不過就是盤算盤算，該怎麼投小開之所好，從對的方向下手。所以妳叫我載妳去機車行，害我損失了幾百塊，還被老闆羞辱一頓。」

「但這難道不是作弊嗎？」躊躇了一下，我說：「你還記得小主跟晉佑對我做的那些事吧？」

「這有關聯嗎？」

「或許是沒有。」我嘆氣，「只是我自己想想都覺得諷刺，胖的時候，我有膽子放手一搏，勇敢去喜歡我喜歡的人，但現在瘦了，我卻像個輸不起的小孩，戰爭還沒開打呢，已經滿腦子先想著怎麼偷雞摸狗。」

「既然妳都知道自己在打仗，那就沒什麼好避忌的了，兵不厭詐，這是戰爭。一句電影台詞到哪裡都套用得上。妳如果真的喜歡對方，那就千方百計地去爭，多餘的事情不必多想，不是有句成語，叫做奇貨可居嗎？要知道，奇貨人人想居，妳畏首畏尾地拖延太多時間，最後的結果就跟上次一樣，只剩枕頭可以抱著哭。」

「放心，萬一不幸又失敗了，我會哭給你看，反正好人的肩膀借了也可以不用還。」我笑著，轉念又問：「那你呢？瞧你這麼有心機的樣子，你現在是沒對象可以出手，還是對手比你高招，所以把你想要的男人搶走了？上次那個情人節告白的計畫失敗後，你難道就放棄了嗎？」

「我的戰術跟妳不同，我這叫以靜制動，只等最佳時機才下手。」他舉起手來，掌心下壓，嘴裡吱吱有聲，說這就是眼鏡蛇的獵食風格。

「眼你的大頭鬼。」

他不想多談自己的情事，卻開始為我規畫起戰略。依照他的見解，我下一個該出現的地點，就是店家附近不遠，一個位在住宅區旁的小籃球場。地點已經確認過了，他還載我去窺探敵情。很固定的，除了每週會有兩天晚上在那兒打球之外，小開也會在星期三下午騎車過去。

窺伺現場時，遵循高嘉郎的指示，我蒙頭覆臉，一副要下海採蚵似的，完全不露面，等確定現場狀況後，他才開始尋思部署。

「需要把事情搞得那麼複雜嗎？」我忍不住問。

「有備無患嘛，要不要加碼演出，我來演一下癡漢，讓他英雄救美？」他說：「演出酬勞算妳一張小朋友就好，便當我可以自己買，要嗎？」

我翻了個白眼，在一堆肌肉男滿場跑跳著打球的地方演癡漢，我提醒高嘉郎，這代價可能不只是一千塊而已，光是被大家圍毆的醫藥費，他就吃不了兜著走。

為了在最適當的時機出手，我們必須做好萬全準備，目前暫定就是兩天後的星期三。為此，我特別在跳了一天的大熊舞後，跟店長私下情商，希望可以請一天假，而她也大方允諾。

如果要演一齣很逼真的球場戲，我需要防曬油、護腕、棉質襪，也許也應該買兩個髮圈，好把日益變長的頭髮束起來。我想像著，如果自己能是個腳步輕盈的馬尾女孩，在球場上馳騁奔跑，應該會非常搶眼吧？而這些瑣碎的東西，不必千里迢迢到處採購，我在什麼都有賣的藥妝店裡，非常簡單就可以一次購齊，而且還不用馬上付錢，店長說了，員工購物可以從薪水扣除。

「那個……」卸下熊裝，換回輕便衣服，也拎著自己的包包在手，逛過一圈又一圈，正為了到底該選擇粉紅色或藍色髮圈而猶豫時，忽然有人在背後輕拍了我一下。她有一張肥嘟嘟的臉孔，雙頰有些雀斑跟粉刺，再加上非常沒格調的粉紅色膠框眼鏡，儼然就是幾個月前我的樣子。她問我：「請問，妳是周品妤嗎？」

「我跟妳同班兩年，其中一年的時間，我們還睡在同一間寢室裡，兩顆腦袋的距離不到三公尺遠，而現在妳居然認不出我，還好意思問我是誰？」我直接一拳往她肩膀捶過去，「去妳的鄭豬豬！」

因為「剛好就成功了」的愛情太難得，每件事的每一步，我們都應該謹慎經營。

28

「有沒有這麼誇張？」高嘉郎很詫異。

「你說呢？」在他面前轉了一圈。衝過五十二公斤的門檻後，我沒有任由自己放縱吃喝。葡萄柚跟減重奶昔都還在，有氧舞蹈也無一日停歇，雖然少了短期的書店搬貨工作，而大熊減重法也即將走到盡頭，但我還是硬生生又減掉兩公斤，現在只剩五十左右。穿著新買的寬鬆運動背心，裡面是一件防走光的白色小可愛，再搭上運動短褲，身材線條雖然不是非常完美，但至少已經算是個瘦子。我問高嘉郎，「如果是你，你敢說自己就一定認得出來？」

「我辨認誰是周阿胖的方式，不是膚淺的只靠外型啦。」

「不然呢，難道是體味？」我舉起手來，往刮得一根毛都不剩的腋下稍微聞了聞，根本沒味道呀。

「是味道沒錯，但不是這種味道啦，」他說：「北極熊站在岸邊，牠看的不是鮭魚的形狀，而是嗅著鮭魚的氣息，妳懂嗎？那是屬於靈魂的氣息。」

「屁話。」

我不知道北極熊是怎麼跟鮭魚打交道的，但我告訴高嘉鄖，關於今天在藥妝店遇到豬豬的事，也順便把她最近碰上的狀況都說了。豬豬跟我同班，從大一開始，我們比的一直都是誰的體重增加速度快，結果後來我略勝一籌，只是她也不遑多讓，現在已經站上八十大關。

本來呢，像我們這種樂天派的人，除非遇到特殊狀況，否則對於身材本來就不會格外在意，小主跟晉佑的事讓我踏上了減重不歸路，而今豬豬則面臨與我相同的情形。

「什麼情形？」我家好像他家似的，高嘉鄖直接躺在我的地板上，一邊享受著我的電風扇，一邊問：「難道她也加入熱音社，暗戀鬍子男了嗎？」

「全世界又不是只有他一個男人。」我白了高嘉鄖一眼，說：「豬豬喜歡的是系上的學弟啦，他們本來就是同一個家族的直屬學姊跟學弟關係，應該算是日久生情吧。」

「然後呢？」

「然後她問我，到底是怎麼變瘦的。」

「而妳不但告訴她了，甚至打算幫她一把？」

我點點頭，說：「胖子的心情，只有曾經胖過的人可以體會。」

高嘉鄖勸我少管閒事，畢竟大戰當前，眼看著各項準備都已停當，好戲就要開鑼，但我說這種事不碰到則已，當豬豬跟我在店外頭聊著聊著，居然連眼淚都滴下來時，我整顆心都為她而碎了，又怎麼可能袖手旁觀？當下立刻決定，不但要擔任她的有氧舞蹈教練，還要在離職後把我的大熊裝也一併移交。

「妳別耽誤正事就好，要是再有個閃失，妳大學四年的戀愛學分就徹底白修了。」他非常無賴地掀起衣服、露出肚皮，十分愉悅地享受風扇涼風的吹拂，而我右腳往他肚子踩了上去，伴隨他哀號聲的，是我說了一句，「你敢詛咒我，我就連左腳都踏上來，信不信老娘只剩五十公斤也能踩死你！」

⊙

很熱的天氣，豔陽高照，彷彿空氣中所有水分都被蒸發了。我回憶著自己看過的音樂MV，想像那些故事中的女主角一樣，在陽光下踩著輕鬆的步伐前進，但那根本不可能，高嘉郎在球場附近的巷口提早放我下車後，才幾步而已，我已經覺得快被融化。

球場不大，只有幾座球架，一邊是小開打著赤膊，正跟幾個不認識的年輕人玩起鬥牛賽，雙方打得難分難捨，連我在這邊的球架下自己投了幾百顆籃外空心都沒發現。太陽差點把我晒死，但我覺得比起悶在熊裝裡，這種汗流得倒挺乾脆，只是一邊胡亂投籃，我心裡不斷暗想，不知道臉上的防曬油會不會被汗水給沖掉？又想，這該死的小開，你到底哪時候才會瞄到旁邊有我？

本來我想找高嘉郎一起來，起碼一對一玩起來還有點意思，但他當場回絕，還說如果小開看到我們一男一女在打球，他會過來搭訕才有鬼。他說的也對，只是到底還要等多久呢？我對籃球根本一點興趣都沒有，很想停下來休息，但球場邊連一隻能跟我玩玩的野狗也沒有。

在場上跑跑跳跳了好半天，我聽到旁邊那半場似乎結束，有人扼腕而嘆，有人為了勝利歡呼，本來我想找機會過去製造一點相遇的巧合，但沒想到自己手上拍著球，正要來個上籃動作，另一顆籃球忽然滾過來，讓我腳底一絆，差點摔個四腳朝天。

「是妳呀？」跑過來撿球還兼道歉的是個胖子，就在我想開口罵人時，第二個跟過來的就是小開了，於是我只好把差點出口的髒話又吞回去，川劇變臉般，表情瞬間轉成賢淑文靜的模樣。

「你也來打球呀？」我知道自己問的是廢話。穿著球衣、球鞋，他當然不是來逛街或外送飲料的。

小開朝我揚起充滿朝氣的笑容，儘管大汗淋漓，也絲毫掩不住他爽朗的模樣，甚至還因此有了加分效果。他問我怎麼自己來，我按照跟高嘉鄖一起擬好的台詞，說只是想運動，又不想做無聊的跑步，所以乾脆選了唯一有興趣的籃球。他臉上果然立刻露出歡欣的笑，問我想不想一起玩。

一起玩？你別開玩笑了好嗎？我這當下只想立刻離開這個鬼地方，找個冷氣房好好喘口氣，但言不由衷的，我回報的卻也是溫柔的笑靨，心裡還在想，有生之年所學過的籃球知識與規則，到底夠不夠應付我打一場三對三？

他們沒有特定的隊伍分配，也沒有遵循詳細的鬥牛賽規則，大家只是隨意地猜拳來組隊，進行的是誰先投進六球就決定勝負的簡單比賽。本來這些人都是箇中好手，從他們俐落的運球、傳球與射籃動作，可以看得出來大家都是沙場老將，按理說要進六球並不難，但可能是顧慮到我在場上，總得給實力較差的球員一點機會，所以他們臉上沒有一爭生死的肅殺之氣，動作也都刻意放慢，隊友會把球傳過來，防守的人又因為不敢碰觸到我的身體而非得保持一點距離不可，結果我居然有機會連進兩球，雖然最後被敵隊的小開給逆轉勝，但包含我那兩分在內，我們也進了五球。

「休息五分鐘，下一場準備嘿！」一個高個子的男生把球頂在側腰，活像《灌籃高手》裡面櫻木花道的標準動作，他在那兒喊著。

小開扯扯衣領搧風，問我還要不要玩。

「都好，不過鬥牛比自己玩還辛苦，我真的好累。」我苦笑。當然想跟他多相處一下，但打籃球遠比有氧舞蹈來得累人，我真有些體力不支。

小開笑了笑，他跟那個高個子說了一聲，待會兒找其他有興趣的人來遞補，自己抓起擱在角落的包包，問我想不想到附近去買飲料。

事情會不會進展得太順利了？我忍不住這麼想著。當我們從便利商店買了飲料，慢慢走回球場，經過一排機車時，我停下腳步，仔細端詳了一下他的車子，問他關於輪胎與避震器的選擇，他不可置信地睜大雙眼，彷彿遇到知音一般。

小開說他沒有別的嗜好，平日裡除了顧店，就只是偶爾打打籃球，而真正有興趣的休閒活動，則是在這輛機車上動手動腳。他不喜歡把車子交給車行處理，反倒是喜歡整備全套的工具，凡事都自己來。

「自己來？」

「對呀，除非需要用到比較難取得的工具，否則我都不假手他人。」坐在球場邊，夕陽正慢慢沉落，晚風撲面。他說：「我爸媽身體不太好，但家裡只有我一個獨子，所以他們特別反對我這項興趣，就怕哪天騎車出了意外，我們莊家可就絕後了。」

「那你更應該趕快結婚生子，起碼讓他們沒有後顧之憂。」我笑著，但笑得很假。我討厭這種不能放聲大笑的感覺，更討厭明明嘴巴都張開了，還得伸手來掩住的做作，我覺得渾身不自在，連坐在地上，腳不能恣意岔開，非得乖乖緊合著不可，都讓我非常不舒服。

「哎呀，連第一次聊天的人都這樣講，我實在是……」他尷尬地苦笑，只能搔搔頭，說：「反正緣分到了的時候，自然就有機會了。」說著，他站起身來問我，「把這種問題留給老天爺吧！天都快黑了，妳要再打一場鬥牛賽呢？還是要我送妳回去？雖然不曉得妳住哪裡，但應該也在我們店附近吧？我可以送妳回那邊去，要嗎？我的車很好坐喔，除了我媽之外，它平常可是不載女生的呢！」

「是沒有女生可載吧？」我調侃。而他兩手一攤，給我一個默認的無奈表情。

好吧，我承認整個過程都充滿心虛，但不可否認的，也頗令人愉悅，起碼一切都在預期的發展中。小開是個很君子的人，車速不快，也謹守交通規則，路上遇到該減速或停車的地方，從來都不貿然闖越。我問他，這種改裝車既然有更為強大的傳動力，怎麼他反而比一般人還要更守規矩？他笑著說：「玩車是一種興趣，亂騎車則是找死，我只是玩興趣，可不是玩命的呀。」

我也笑著，一邊偷偷在心裡為他加分。短短的路程，當機車騎到飲料店外面時，我下了車，脫掉他借我的安全帽。那頂帽子看來老舊，也許真是他母親平常慣戴的。小開問我明天還會不會來買飲料。

「倒數第十杯，當然要。」我笑著說。

倒數的盡頭是愛情嗎？或是另一片風景呢？

還有十天時間，高嘉郞說了，這剩下的兩百四十個小時，我們應該穩扎穩打，千萬不能冒進，所有必須妥善隱藏的缺點，最好全都拿塊布好好擋起來。

「就是有你這種心態，社會上才會有那麼多破不了的懸案。」我說。

「就是有妳這種心態，滿街才都是失戀的蠢蛋。」他也回我一句。

昨天在球場上，因為不曉得我的名字，小開只能叫我「無糖綠」，那些球友們搞不好以為這就是我的名字，紛紛也跟著這樣叫，直到他送我回來，在飲料店外面，本來已經揮手道別，然而他又叫住我，問了我的名字。

「叫我品好就好，我姓周。」那時我是這麼回答的，只是說出口的當下，有點心虛。其實我一點都不習慣別人叫我的名字，打從我體重開始較一般人倍數增長後，「周阿胖」就已經是我的代名詞，在國中或高中時，連老師都這樣叫，直到上了大學以後，不熟的老師才會喊我本名。

比起周品好這三個字，我還是比較習慣當周阿胖，但阿胖已經是過去式了。我想像眼前有一個附著沉重大鎖的鐵箱子，不管周阿胖也好、小主與晉佑的事情也好，還有曾經被人有意或無意的嘲諷也好……那些記憶全都得被裝進箱子裡，牢牢上鎖，從此沉入大海。

小開昨晚的微笑表情還清晰地猶在眼前，而我彷彿看著箱子正緩緩下沉，一邊與它告別的同時，我隱隱有些感傷。

「那我以後就這樣喊妳囉，品好。」

「欸，阿胖，妳幫我看一下，這個動作對嗎？」旁邊幾乎快要斷氣的呼喊聲把我喚回現實，豬豬正把自己扭成一個奇怪的樣子，看著她，我這才明白，原來胖子要努力拉扯自己的筋骨與肥肉時，竟是這麼難看的模樣，以前來教我練習的烏鴉，還有偶爾來看戲的高嘉郎，他們的眼睛應該都吃了很多苦吧？

豬豬的本名叫鄭麗珠，倘若沒有這副身材的影響，那我們頂多只會覺得這名字老派了些，可是再搭上八十公斤的體重後，珠珠就成了豬豬。我嘆口氣，揮別那些自己曾經癡肥的過去，努力思索記憶中，關於烏鴉教過我的一些訣竅，認真指導著她。一邊練習，豬豬說她這一年來，事情不論大小，天氣無關晴雨，只要學弟一有需要，她總是赴湯蹈火地隨傳隨到，為的只是當年初見面時的第一印象——學弟撿到一隻校園中受傷的小鳥，他照顧了牠一整天，連迎新茶會都帶著小鳥來參加。

有愛心的人都是好人，豬豬很慶幸能有這樣一個直屬的家族學弟，而學弟在那之後也展現出他獨有的溫和個性，既體貼又善良，偶爾接受學姊饋贈的各種好處時，從來不忘報恩，每次回宜蘭老家，總帶回來各式各樣的當地美味。

「以後把那些他送的東西分贈別人吧，妳能收的只是善意，但不能吞進肚子裡，懂嗎？」我拍拍她寬厚而癱軟的肩膀。

豬豬能夠告白成功嗎？這個我一點也不敢肯定，但倘若能幫助她瘦下來，也是好事一件？店長也說了，大熊裝就是要有分量的人才撐得起來，我就算不離職，現在也已經很難好好詮釋它的特色，如果豬豬願意頂這個缺，那就兩全其美了。

隨著擴音器裡放送的音樂跳舞，我偶爾想想豬豬的事，偶爾也從熊眼珠子的小孔中，有意無意地窺探飲料店裡的動靜。小開還不知道真相，而我在想，倘若哪天他發現了，一身熊皮毛下，那個做出各種低能蠢笨動作的人，居然就是氣質與靈性兼具、活潑與俏皮並存的，與他在籃球場邊曾有一次美麗邂逅的馬尾女孩，不曉得他會有什麼想法？為此，我決定暫時繼續保密，至少也要等這十天過去了以後，再慢慢找個適當良機，讓他知道真相。

舞步跳得有點累了，擴音喇叭破爛的音樂也剛告一段落，這段反覆播放的錄製內容，前半段鑼鼓喧天地很適合跳舞，接下來則是特價商品的宣傳內容，通常也就是我開始發傳單的時候。戴著熊頭，拖著笨重的步伐，我刻意在行走時還搖搖屁股，大熊臀部是肥肥的一層厚墊子，甩起來特別可愛。

一邊扭著，我彎下腰去，本來要伸手拿取擱在門邊花籃裡的一疊傳單，然而就在此時，忽然有什麼東西朝我腳邊撲了過來，轉頭瞧瞧，原來是隔壁飲料店的小鬼，那是小開的外甥。

我很想出聲音逗他，但這與不能講話的規定不符，因此我只是伸出手來，在他腦門上輕撫幾下，跟著乾脆把他抱在懷裡，用我毛茸茸的熊臉對他蹭了蹭。小鬼被搔得癢了，在我懷中咯咯笑了起來，而我也與他玩得性起，一下子搓搓他的臉，一下子又捏捏他的肚皮。這小鬼見我願意搭理，似乎也挺開心，繞著我身邊直打轉。

很想玩嗎？好吧，老娘平常可是沒這興致的，只是因為今天心情好，就陪你耍耍猴戲囉！我一邊裝笨繞圈圈，一邊不時伸出大熊掌想要撲他，小鬼開心極了，嘴裡也不曉得鬼吼鬼叫什麼，手無足蹈的，比我還像在做秀，後來還張開手也作勢要撲。本來我想把他抓起來，輕拋幾下嚇唬他的，不料這小鬼動作很靈活，忽然一個縮身，居然直接從我胯下鑽了過去，跟著縱身一躍，直接攀到我的背上。一個三四歲的小鬼，雙手胡亂抓著，在我胸前大吃豆腐也就算了，當我急著想把他甩下來時，他居然用力抓著我的熊頭，落地時把它也整個扯了下來。

「品好？」然後，很致命的，我聽到有人叫了我的名字。

「呃……」大概有短短幾秒鐘時間，我們互望著彼此，但兩人看傻了眼。騎樓下就只剩那個可惡的小鬼，還把一顆熊腦袋當戰利品死抱懷裡不放。我穿著熊裝，露出脖子以上的部分，馬尾凌亂不堪，臉上還滿是汗水……

「嗨。」對著不知何時就在那兒看著我們一人一熊玩得不亦樂乎的小開，我揮揮熊掌，除了一個無腦至極的招呼外，完全想不出來還能怎麼辦才好。

人算不如天算，大概就是這麼一回事兒。

於是剩下幾天的偽裝也就此顯得毫無意義了，只是我也因此而彆扭了起來，那些本來可以躲藏在一個隱密的黑暗中，卻又置身在眾目睽睽之下，肆無忌憚耍笨耍蠢的樂趣現在已經蕩然無存，我的肢體動作無法再大開大闔，更不能對著路過的行人隨便亂搖熊屁股。小開每天只要店裡一沒客人，他就會坐在停放騎樓的機車上，好整以暇地看我演出，臉上還帶著微笑。

我跟高嘉郎說這一切都白搭了，沒想到我們煞費苦心所經營安排的一切，居然在不經意間，全被一個死小孩給毀了。他為此也懊惱不已，但同時又忽然綻出笑容。

「你笑屁呀？」

「我是為了妳而笑，妳是屁嗎？」他瞪我一眼，說：「起碼那些偽裝都可以省了，對不對？妳又可以開心做自己了，這難道不值得開心嗎？」

「那萬一他因此不愛我了，這可怎麼辦？」

「從正面角度去想，如果妳變得既粗魯又蠻橫，他還依然對妳好，這不就是真愛嗎？」

「所以，在你眼中，真實的我就是一個既粗魯又蠻橫的人囉？」

「妳開始認識自己了，這是非常美好的第一步。」他說，但立刻被我揍了好幾拳。

豬豬說她很羨慕我跟高嘉郎可以這樣旁若無人地打來打去，那是她在學弟面前怎麼也做不來的。平常的相處中，她總是小心翼翼，就怕自己已經僅存不多的形象會破滅得更加徹底。但我們也安慰她，有些事情是急不得的，等她慢慢變瘦之後，或許一切就會逐漸改觀。

「真的瘦得下來嗎？」她哭喪著臉說：「上星期量體重，當時是七十八公斤，今天我再量，居然還有七十七點五！」

「要有恆心。」我只能這麼說。

「要有毅力。」高嘉郎說的跟我一樣，都叫做屁話。

我們其實不太清楚，到底豬豬跟她學弟的具體相處情形如何，但豬豬也說了，雖然學弟不是什麼陽光型男，可是因為個性使然，身邊總是有不少女性朋友，他跟那些女孩們也都能處得很好，這讓她非常憂心，就怕哪天有誰忽然出手，而自己又還沒完成減肥大業，一切可就完蛋了。

有些束手無策，我已經把自己所會的舞蹈內容，以及食譜配方全都給出去了，難道這樣還不夠嗎？為了讓她的進展更為顯著，我帶著豬豬去找店長，試著談談能否讓她提早上班。本來以為店長會很捨不得我，但沒想到一見豬豬，她居然露出滿意的笑容，還說：「這工作很辛苦喔，但一定會有效的，看看妳同學的樣子就知道了。」

看著豬豬感激涕零，而店長因為又找到一個胖子而心滿意足的樣子，我只覺得這一切真有點匪夷所思。

「所以妳是為了減重才來隔壁打工的嗎？」小開聽我說了這個漫長的故事後，臉上頗有幾分驚訝的表情。

「倒也不是啦，減重應該算是意外收穫吧。」我笑得有點尷尬，就算那確實是我來這兒打工的主因，但無論如何也不能直承其事。

「不過無所謂，重要的是，在妳離職前，我總算見到了妳的廬山真面目。」小開笑著告訴我，他說這幾個月來，鄰居門口忽然多了一隻可愛的大熊，不但增加了藥妝店的人氣，連他開在隔壁的飲料店也意外受惠，買氣增加不少。他一直很好奇，想知道究竟是什麼樣的人，能把這隻大笨熊演得維妙維肖，更希望有機會能認識認識，說不定哪天換他的飲料店也可以來這一招。

「你想要什麼動物來表演？」我模仿企鵝的姿態走了兩步，笑著說這可是我在演大熊時的經典舞步，也許哪天套上企鵝裝，更能吸引消費者的目光。

小開哈哈大笑，陪著我在店門口聊天。而與此同時，我偷瞄到他們店裡的那個晚班小妹，她一邊招呼客人，一邊調製飲料時，眼角餘光不斷朝這邊掃過來。儘管跟她對眼的次數不多，但很明顯地讓我感覺到一股濃烈的怨懟之意。不曉得為什麼，在那瞬間，我沒有勝利者的喜悅，反而多了點對她的愧疚。

可是我能怎麼辦呢？這種事情，只有吃過虧的人才能明白，而我幸運的地方，在於除了有店長曾無意間對我透漏不少情報之外，還有高嘉郎總是積極幫忙出謀獻策，甚至還參與其中，有了他們，今天我才能在騎樓下，擺出風姿綽約的站姿，臉上帶著輕鬆自在的微笑，跟小開一起聊天。

對不起了這位妹妹，妳不是條件不好，只是輸在運氣而已。或許等妳更長大一點，再多經歷過幾次這種失敗後，妳就會明白。就像我後來痛定思痛地開始減肥那樣，我們不能怨怪男人只用膚淺的眼光看待女人，而是應該更加積極努力，試著為自己想要的愛情更盡一分心思。減肥只是一種手段，重要的是妳得為了自己想要的愛情付出心力才行，要知道，幸福可不會平白無故從天上掉下來哪。

「肚子餓不餓？附近有家烤鴨飯還不錯唷，一起去，我請客？」小開絲毫沒有察覺到我正分神，他摸摸肚皮問。

「我不怎麼吃晚餐，不過陪你去一趟倒還可以。」

「不吃晚餐？太刻意減重的話，可是很傷身的喔。」

「只是一種習慣。」我笑著說。

沒有勉強，小開點點頭，掏出鑰匙，打開車子置物箱，一頂安全帽是他自己的，另一頂懸掛側面的，原本是他母親所有，但現在是我與她共用。小開把帽子輕輕戴在我的頭上，正要幫我扣上扣環時，我恰巧也伸出了手，在我下巴，兩個人手指輕輕交觸在一起，那時我看到小開臉上居然有羞赧的紅暈。

鮭魚不會直接往岸上跳，北極熊還是得學會游泳。

漫長的暑假只剩最後四天。原本這四天，我應該每天早上都買一杯無糖綠，然後繞到店鋪後面的門口，在那兒打完卡後穿上大熊裝，再走出來娛樂世人的，而今提早褪去了足以讓我遮掩自己的外衣，無糖綠卻每天依然有一杯。

頭三天，小開每天早上都帶著綠茶過來，他會等在我賃居的宿舍外面。把開店工作交給資深的工讀生，或由他父母親自掌理。他也不去打球了，我坐在改裝過的機車上，任由他載著到處去，從比較近的台中麗寶樂園或彰化巷弄美食，一路玩到南投的溪頭妖怪村，每天不到筋疲力盡或月上東山之際，通常都回不了家的。

「什麼叫做幸福の一日間，這才是！」我在電話中跟高嘉郥說。

「我呸，根本是敗家的一日間吧？汽油不用錢嗎？樂園門票不用錢嗎？吃吃喝喝不用錢嗎？」他不屑地說。

高嘉郥幾乎每晚都打電話來確認進展狀況，他問的幾乎都是關於小開的部分，想知道小開是不是個溫柔的人，出去吃吃喝喝的時候他有沒有主動買單，再不就問小開的家境，以後會不會有婆媳問題，甚至還建議我，如果非這男人不嫁，最好在婚前先有協議，把要不要生小孩、生幾個，還有財產畫分的事情都先講清楚。

「到底是我談戀愛還是你談戀愛呀？是我要跟他在一起，還是你要跟他在一起？別搶我男人行不行！」我對著電話大吼。

「話不是這樣講，站在閨密的立場，我有必要事先提醒妳。妳周阿胖只要一扯到感情，馬上就會被沖昏頭，這種事我最清楚不過了。」

「我是這種人嗎？」

「當然，」他在電話那邊呸了一聲，「看我幾天沒遇到妳，這不就馬上知道了嗎？」

「親愛的姊姊，先別忙著生氣，人家現在好不容易才有點進展，正是如膠似漆的時候，就讓我享受幾天甜蜜時光，好嗎？」我不想成為見色忘友的人，語調一轉，又甜又柔又膩的，我向高嘉郎撒起嬌來。

「如膠似漆？放屁，我看是戀姦情熱吧？」

然後剛剛的偽裝就爆炸了，一句髒話後，我掛了這傢伙的電話。

⁂

小開當然有名有姓，從我們在球場那天「巧遇」時，他就已經說了，名字叫做莊中宇，不過我從頭到尾都只叫他小開，而他倒也不反對。

跟他在一起是開心的，但開心並非因為他陪我上山下海，事實上，那些地方去或不去都無所謂，真正想玩的話，我還不如找高嘉郥跟星爺他們，在那些老朋友面前，我既不需要矜持什麼儀態，也不需要保持氣質，看誰不爽時，還能隨便抬腳飛踢，哪像現在這樣，得穿著我以前從來不穿的裙子，又為了搭乘機車，避免走光，卻得在裡頭多套一件安全褲，天哪，雖然已經瘦了許多，但這種穿法還是熱死人，我格外懷念以前一條牛仔褲就能征戰天下的日子。

所謂的白搭，原來比百搭還要容易也輕鬆，這就是我從胖子變成瘦子後的唯一感慨。

幾天時間，去了很多地方，但無論到哪裡，我總尋覓著一種相同的東西，叫做戀愛的感覺。說也奇怪，跟小開在一起時，雖然是令人愉快的，但就是少了一點當初遇見晉佑時的悸動。我不曉得這是怎麼一回事，想跟一個人在一起，按理說不該是種衝動嗎？但我跟小開之間，撇開他的部分不談，在我這一邊，幾乎是按部就班在進行，會不會是我跟高嘉郥計畫得太多了，所以一切都顯得非常穩定，而正因為什麼都在掌握中，所以才少了那種「非愛不可」的衝擊力道，使得我不管陪他走到哪裡，都覺得好像淡了點？

時至今日，我相信自己已經慢慢走出小主與晉佑所造成的陰影了，足足三個半月過去，許多事再也沒有細究的必要，我連他們現在是不是還在一起都不曉得，也沒有興趣探聽，可是既然舊傷已癒，我為何卻無法敞開心房，好好感受一下新的愛情呢？

「昨天玩得太晚了，有睡好嗎？怎麼樣，今天想去哪裡走走？」第四天，依著前一天跟他說好要讓彼此好好休息一下的約定，我真的睡到中午才醒。下午兩點之前，我整裝完畢，一套鵝黃色的雪紡連身洋裝，當然又得穿上安全褲，我拎著小包包下樓，他也已經帶著無糖綠茶等在那裡。

「每天騎那麼遠的機車，你不累嗎？」我笑著問。

「對一個喜歡騎車的人來說，再遠都不嫌累，倒是怕妳受不了。」他也微笑，說如果不想跑太遠，問我要不要在附近走走。

「附近？」我很納悶，附近還有哪裡可以去？但小開說，最美的風景往往是我們常常不經意就忽略的，許多外地遊客不遠千里而來，只是為了到我就讀的學校一遊，而我們成天往外跑，卻沒想過要踏進校園一步。

我笑著由了他，只是開學前一天，校園裡已經到處是覺得凡事新鮮不已的新生，再沒個安靜角落。漫步林蔭間，我告訴小開，自己在這兒讀了兩年書，其實一樣有很多地方沒走過。

「校園太大了。」他讚嘆。

「是呀。」我點點頭，說自己當初填選志願時，就以這兒當第一志願，但事實上兩年過去，幾乎每一科都低空飛過，要說學問，我也沒增進多少。

「總會有收穫的吧？」

「收穫是有，至少多了些不錯的朋友。」我微笑，想起高嘉郎他們。

「那就好。有時候我自己還挺後悔的，大學的時候不夠認真，重心都沒放在學校裡，一天到晚往外跑，打工啦、玩啦，什麼都有，結果一畢業，我連班上同學的名字都記不得幾個，老師教過什麼也忘得一乾二淨。」

「但你本來不是想出國念書？」

「妳連這個都知道？」他先錯愕了一下，隨即笑著說：「一定是你們店長說的吧？她那人啊，之前一天到晚想給我介紹女朋友。」

「她也是好意嘛。」我心虛了一下，差點讓自己曾精心盤算的內幕曝光。

「這種好意就可以免了啦。」他擺擺手，接回原本的話題，說：「因為我爸媽的身體接連出狀況，後來出國計畫也取消了，對我來說，這或許也是一種老天爺給的提示吧，叫我乖乖死了這條心。當年校園生活沒有好好把握，從此它就離我遠去了。」

「沒關係，至少現在讓我陪你逛逛。」我拍拍他肩膀。

「是要帶我重溫校園舊夢嗎？」

「如果你有興趣的話，今天就換我當半天導遊囉。」

「是很好，但可惜這是妳就讀的學校，就算有夢，那也不是我的呀，對吧？」

那是第一次，我見到小開嘆氣。

心意不通的人，無法分享彼此的夢。

有些事情是從來不變的。
雨後的藍天、我甜甜的笑顏，
或你的始終都在。
只是我不曉得，原來你一直藏了祕密而已。
河馬守護著水塘中的寧靜，
牠不是吃飽撐著，而是因為愛。

32

沿著小徑漫步，無論平坦或崎嶇，我們都沒有手牽手。不只現在，這幾天來，我們沒有任何逾越禮教的行為，不知道小開是不是打從心底就是個循規蹈矩的人，又或者他只是還沒等到最佳時機，所以遲遲不好出手。

這些天，我們東奔西跑的，除非因為坐在機車上，為了確保安全，我非得把手擱在他腰際之外，兩個人之間完全沒有任何肢體上的碰觸，比起來，我跟高嘉郎動輒互毆的接觸，都還比跟小開的距離感要來得自然許多。

一步一步慢慢往前，我跟他介紹了文學院、介紹了校園裡的教堂，帶他從能瞭望風景的草原邊走過，也一一向他介紹了豎立在校園裡的幾座裝置藝術雕像，原本還想帶他走一趟我跟高嘉郎他們常去的後山土地公廟，偏偏腳下的涼鞋不肯配合，才走沒多久，綁帶已經開始咬人。我們走完一圈操場後，他見我步履蹣跚，問我想不想找地方坐下。

要坐哪裡呢？其實我一點概念也沒有。學校很大，但到處都可以看到新生晃來晃去，甚至連各社團的迎新博覽會也準備開張。我想起剛上二年級，幫著高嘉郎的資研社招生時，看見晉佑在台上演出的那一幕，心裡有些慨然，於是也不帶他往那邊過去了，轉個身，我指指學生餐廳的方向。

這兒應該是個告白的好地方吧？餐飲系附設經營的小咖啡店有浪漫的歐式裝潢跟柔美的燈光，一走進店裡就有濃郁的咖啡香撲鼻，讓人渾身都放鬆下來。坐在靠窗邊的座位上，小開忽然沉默了下來，他並不怎麼說話，而我心裡感到納悶，怎麼覺得他今天似乎格外多愁善感，正想著要如何旁敲側擊地問他，手機卻忽然響起，高嘉郥說他人在社團攤位支援，剛剛星爺跑來告訴他，說好像在校園裡看到我，他問我有沒有空，能不能也過去壯壯聲勢，最好是可以靠著露大腿來招生。

不想在小開面前破壞形象，我拿著手機到門口去講，儘管拉開了距離，但還是壓低音量，我跟高嘉郥說：「老娘今天可是帶了男人來逛校園的，鬼才有閒工夫理你。」

「別這樣，我們今年又把那頂初音未來的假髮帶來了，妳要不要……」

「不要。」沒等他說完，我直接拒絕，也立刻掛掉電話。

那是小主戴過的假髮，今年還妄想要我步她後塵？高嘉郥你腦子真不只是浸水這麼簡單哪！我在心裡咒罵著，但忍不住也想，是呀，招生活動開始了，那熱音社呢？晉佑今年也升上大四了，他還會上台演出嗎？今年會有多少台下的學妹為他癡迷，就像一年前的我？小主還在他身邊吧？她的氣質是與生俱來的，不像我這樣經過刻意塑造，她應該能夠繼續將晉佑的心思牢牢綁在身上吧？

我有個衝動想偷溜出去，到熱音社的攤位前看一眼，但轉念又作罷，去看了又怎樣？我真的已經不太在乎他們的事了。回想當初剛離開那時候，社團裡也僅僅只有阿偉打過電話來找我，其他人根本不介意我的存在與否，搞不好我消失了，他們還覺得社窩變大變寬了呢！既然這樣，那我去了又有什麼用？難道要去展現自己變瘦之後的身材嗎？

我搖搖頭，告訴自己，這絕對是個蠢點子，絲毫不具意義的蠢點子。

「還好嗎？是不是有什麼事？如果有事情要忙，我們就先回去了？」走回座位上時，兩杯咖啡已經送來，我的卡布奇諾上頭有漂亮的拉花，小開則是一口也沒喝他點的冰咖啡，水珠從玻璃杯上沁出，都流到桌面上了，但他心不在焉，好像一點也不介意似的。

「沒什麼事，我朋友所屬的社團想找人去壯聲勢，看能不能多招幾個新生。」

「那妳不去幫忙嗎？」

「那是資研社耶，專門玩電腦的，我去了大概只會有反效果。」苦笑著，我小小口地啜飲咖啡，品嚐濃郁香氣時，忍不住偷眼瞧瞧小開，他今天真的不太對勁，老是鎖著眉頭，一副若有所思的樣子。

「倒是你，你今天很有心事唷。」

「一點小事啦，沒關係。」臉上露出尷尬，他向我道歉。

「嘿，我要的不是你說對不起唷。」我說：「雖然我們認識了好一陣子，直到最近才開始熟絡起來，可是我們是朋友吧？朋友之間，有什麼話不能說呢？」

他沒有回答，倒是尷尬神色又多添了幾分。我不想讓他感受到咄咄逼人，所以口氣放得更軟，說：「如果你願意告訴我，到底是什麼事情讓你煩惱，我會很開心的，因為那表示你真的把我當朋友，好嗎？」

說話時，我用自己早在鏡子前練習過無數次的溫柔眼神凝望著他，是了，這就是我要的效果。莊小開呀莊小開，你今天把我當朋友，明天才有機會把我當情人不是？我知道這段關係開始得有點快，但無所謂，因為老娘明天開學以後就是大三了，我的警報已經響了，為了我這微末的一絲青春，也為了不辜負我艱辛卓絕地拚命減肥……好吧，雖然那不全然是因為你，但畢竟跟你有點關聯，總之，你是不是願意把藏在心裡的話告訴我呢？

我等了片刻，小開沒有開口，他低著頭，偶爾抬起來看我一眼，但目光相交之際，總急忙忙又閃避開去，那讓我不由得猜想，或許他想說的話，其實就跟我有關。

要告白了嗎？你終於要告白了嗎？不用求婚沒有關係，你只需要請求我當你的女朋友就好，為了女性的尊嚴，我會稍微猶豫一下，但你放心，那只是我故布疑陣，也順便想要體驗一下欲迎還拒的感覺而已，我遲早會答應你的，好嗎？

「品好，我們是朋友，對吧？」終於，他願意抬頭看我了。

「當然是。」我堅定地點頭。

「其實，我很久以前就注意到妳了，在妳每天都來買一杯無糖綠的時候。」他終於喝了第一口咖啡，但顯然沒有任何品嚐的心情，幾乎食不知味的，咂咂嘴，他又說：「直到我們在籃球場相遇，那時候開始，我們才算真正認識，而也從那時候開始，我真心地覺得，妳是一個很棒的女孩。」

所以你要我當你女朋友了嗎？我很想開口叫他直接切入重點，別把寶貴時間都浪費在漫長的開場白上，但我忍住了，我想聽聽他這段時間以來，對我的所有感覺。

「後來，當我知道那隻大熊就是妳扮的，老實講，我真的很震驚。」他忽然笑了一下，又說：「那天晚上我真的想了很久，原來妳有這麼多的面向，妳可以很活潑，可以很安靜，在球場上，妳又是截然不同的樣子，妳對籃球、機車都有興趣，說真的，我想不出來這世上還有誰能比妳更符合我心目中的典型。」

我依然沒有說話，只是望著他。重點終於就要來了，我掌心微微出汗，感覺自己心跳加速，一句「我願意」幾乎就要搶在他開口告白前先蹦出來。

「我喜歡妳。」總算，他把這四個字說出口，而我正在醞釀著，要等他用徵詢的眼光望過來，好把我的答案也告訴他時，偏偏那該死的手機忽然震動起來，這次不是高嘉郎，卻是豬豬。

「我喜歡妳。」見我沒有要接電話的意思，他接續剛剛沒說完的話，又對我開口，「是認真的，我很喜歡妳，我一點都不希望妳只是我的朋友。」

「我……」我也喜歡你，我也喜歡你，我也喜歡你，我把自己想說的話在心裡默唸三次，確定要選擇哪一種口氣後，緊接著開口。

「……但我不能跟妳在一起。」結果他打斷了我的話。

「什麼？」我很努力維持著音調，但下巴還是差點掉下來，沒有聽錯吧？剛剛出現在我耳邊的聲音，那應該不是幻聽吧？

「我們年紀差了幾歲，老實講，我覺得不是很適合，特別是今天妳帶我來逛校園，逛著逛著，我就更確定了自己的想法。妳還是學生，妳有妳所屬的生活與環境，而我們之所以相遇，只是一個暑假尾聲的巧合，不是嗎？妳還是要回到自己的世界，而我只能繼續守著那家店，守著我的父母。能跟妳一起出門玩幾天，那已經是我所能做到的全部，但如果是愛情，我真的給不起。」

然後我無言了，完全出乎意料之外，我壓根沒想到，小開要告訴我的，居然是這樣的一番話，而更該死的是，明明我不接聽電話，豬豬還是立刻又撥了第二通來。

「我喜歡妳，但正因為我喜歡妳，所以我必須在自己陷入不可自拔的為難之前，提早一步先離開妳，請妳相信我，也請妳原諒我，對不起。」說完，他站起身，滿臉都是愧疚與不捨之情，只是沒有停留，他很快從我旁邊走開。

怔怔的，我不曉得這世界怎麼了，也不知道自己到底算錯了哪一步，怎麼搞了半天，居然得到的是一個這樣的答案。下意識中，我拿起手機，按下通話鍵，只想趕快把豬豬打發掉，我突然發現，在這樣的時候，我只想聽到高嘉郎的聲音。

「他……」

豬豬泣不成聲，語帶哽咽，我完全不需要細想，就有一張老是瘦不下來、肥嘟嘟的胖子臉在腦海中浮現。聽她的聲音，我還以為她出了什麼意外，沒來得及強忍方才所遭遇的打擊，我發現自己也多了點鼻音，問她到底怎麼了。

「我學弟，他、他……」豬豬用她那無法區分是悲是喜的嗚咽聲說：「他剛剛跟我告白了，他說不管我是胖是瘦，他對我都一樣，他喜歡我……他說他一直都很喜歡我……」

愛情要來不來，跟胖瘦絲毫無關。愛情是不可理喻的，從來都是。

這合理嗎？我們的故事還沒正式開始吧？就像一篇作文的第一段才剛寫完呀，怎麼忽然就沒有後續了？這開頭不夠好嗎？為什麼你要這麼倉促地畫下句點？我幾乎無法相信自己所聽到的，還以為那只是幻覺而已，可是桌上有兩杯咖啡，小開離去時的背影也依然清晰映在我腦海，這一切絕不是假的。

會不會其實這是個伏筆，小開只是故意讓我難過一下，待會他就會捧著一個禮物或鮮花又出現在眼前？我只能這樣告訴自己，是的，他不是真的要離開我，因為我們連正式在一起都還沒有呢，又哪來的離開呢？他只是在醞釀！這只是一個驚喜告白的前奏而已，所以我不需要品嚐什麼天堂掉進地獄的感覺。我如此告訴自己，繼續坐在咖啡店的椅子上等待，任由一冷一熱的兩杯咖啡，慢慢地都失去了原本的溫度。

打工的餐飲系學生走過來，問我還要不要往杯子裡添水，我點頭答應了，可是當水添滿後，卻又一口也不敢喝，就怕喝多了會尿急。萬一我去了廁所，而小開捧著一大束花回來卻找不到人，那不是非常尷尬嗎？

於是我等著，咖啡沒有喝，水也沒有喝，我努力讓自己表情看來是鎮定的，不時還練習抿嘴微笑的模樣，只是我等了又等，十分鐘、二十分鐘，直到一個小時過去後，我才不得不相信，原來他說的都是真的。

然後我流下一滴眼淚，望著始終沉默的手機，上面沒有小開的來電，連豬豬也沒再撥打，我嘆了一口氣，傳了一封訊息，叫高嘉郞過來一趟。

你一定也料想不到吧？愛情果然不是電腦程式運算那麼精準，你輸入什麼程式碼之類的，電腦就會照著你的意思跑下去。我又想起《紅樓夢》裡的那句話，原來機關算盡太聰明，到最後算掉的竟是自己的性命。我現在跟死了有什麼差別？有，死了就死了，一了百了，但我還活著，我活著坐在咖啡店裡，還一口一口的，想不去品味這種尷尬都不行。

那瞬間，我忽然覺得自己懂了高嘉郞的心情，因為人是最不可預期的，所以他只跟電腦親熱；因為人是最難懂的，所以他不想談戀愛；也因為人是最莫名其妙的，所以他寧可想方設法幫我去追求愛情，自己卻寧可獨守空閨，也不願一腳蹚進這池渾水裡。

我仔細回想跟高嘉郞盤算過的每一步，我們沒有一個環節出錯，徹底掌握了小開的脾性，也下足了工夫，可是呢？我坐在椅子上苦笑，什麼都想到了，就是沒想到小開的腦袋到底裝了什麼。人腦果然不是電腦，對吧？我跟自己說。本來以為自己已經面面俱到，甚至連身材都調整到最佳狀態了，然而那又怎樣呢？我想起豬豬剛才在電話中喜極而泣的聲音，不由得感到無比諷刺。愛情跟胖瘦有關係嗎？站在一個普世價值的角度來看，胖子肯定在先天條件上會嚴重落後，但這是必然的嗎？只怕也未必吧？她也什麼都努力了，但就是瘦不下來，可是胖著胖著，卻得到了心目中理想的愛情，那我呢？我煎熬了多久，總算甩肉成功，結果呢？結果小開說他很喜歡我，卻非得離開我不可……

我開始笑，而且笑得很苦。此時已經完全不想再去理會旁人的異樣眼光了，只是癡癡傻傻地苦笑不已。

「妳沒事吧？」一個聲音在我旁邊響起，跟著是手掌搭上我的肩膀。

「怎麼是你過來？」我愣了一下，站在旁邊的不是高嘉郎，卻是星爺。

「剛剛資研社的社長跟指導老師都來了，小高走不開呀。」星爺說他本來也要去資研社幫忙招攬新生，是高嘉郎派他先過來看看情形。

「我今天本來是在這兒，跟那個飲料店小開約會的。」站起身，我拿了帳單去櫃檯結帳，付的還是兩杯咖啡的錢。每一步、每一個動作都極其舒緩，我很努力想將所有情緒都掩藏起來，至少別讓自己在這兒就崩潰。星爺跟在旁邊，等我付過帳，陪著慢慢往外走，他問，既然是約會，那怎麼只剩我自己一個人。

「你也有女朋友，你能接受這世上有一種愛情，是因為你喜歡對方，所以才非得離開對方的嗎？」我真的沒辦法理解小開那種思維邏輯。

「這道理很深耶。」他搔搔頭，然後搖了搖。

「我覺得呀，這世上最淒涼也最弔詭的，不是告白失敗被打槍，而是被告白之後的下一秒，對方接著跟你說分手。」我長長嘆了一口氣，望著外頭的夕陽，遠遠處隱約傳來人語聲喧，這世界還是以他們的既定模式在運轉著，好像就只有我這一角是崩塌的。

「妳還好嗎？」有點擔憂，星爺問我。

站在階梯上，我只覺得全身忍不住顫抖，又一滴眼淚落下，然後開始鼻酸了起來。從失落、失望，慢慢地轉成了難過與絕望，然後我哭了，為了我處心積慮，想改頭換面去追求一份愛情，最後還是失敗得如此狼狽而哭。星爺拍拍我的背，而我抓著他的肩膀，忍不住又哭了起來。

「要不要我叫高嘉郥過來？」他面帶難色，還夾雜著不知所措的慌亂。

「借我哭一下不會死啦！」我一邊哭還用力掐了他手臂一下，認識那麼久的老朋友，難道連借幾分鐘的肩膀都不行嗎？

「不是呀，我這件衣服是新的耶，等一下還要……」他支支吾吾地說。

「等一下叫高嘉郥賠你一件就好。」我嗚咽著，眼淚鼻涕全都糊到他身上去了。

「這樣很奇怪嘛。」他扭捏著，居然要把我推開。

「欸，你他媽的平常跟我打打鬧鬧，都沒有覺得哪裡奇怪，現在真的要盡一點朋友本分時，卻囉哩囉唆個沒完，你到底是不是男人呀你，義氣你懂不懂？」我也生氣了，抬起頭來問他。

「但以前妳是大胖子呀，跟妳抱在一起都不用怕人誤會，可是現在妳又瘦又漂亮，那感覺不一樣啦！」

「不一樣個屁啦，老娘失戀了你懂嗎？我莫名其妙就被人給甩了，你知道那種心情嗎？你這王八蛋，跟高嘉郎一樣，都只會把我當搞笑人物嗎？我不是諧星，我也是人生父母養的，我也有自尊的耶！我費了多少工夫，安排了多少橋段，為的到底是什麼？不過就是想要談一場戀愛嘛！我是胖子的時候，天底下沒人愛我也就算了，現在好不容易瘦下來，結果照樣被甩，這世界到底還有沒有道理啊！你替高嘉郎過來，那你就得替他回答清楚，不然你就把衣服跟肩膀捐出來，至少借我再哭五分鐘！」我生氣地拉扯著他，也不管臉上殘妝會不會弄髒他的衣服，硬是要把臉往上湊。

星爺苦著臉在那兒推不開，而我鼻頭已經貼上他的肩膀，就在旁人開始圍觀之際，我忽然聽到一個女生的叫聲，她很用力地喊了一聲星爺的名字。那瞬間，我所有任性胡鬧、悲愴斷腸的情緒，都在淒厲的一聲喊叫中被硬生生打斷，原本跟我拉拉扯扯的星爺也呆掉了。

「這……這是誤會。」他錯愕地解釋。

「是誤會！」我趕緊放開星爺。雖然一次也沒見過那個女孩，但從她身上的衣服，我可以確定她就是星爺的女朋友，因為這兩個人的上衣都是墨綠色的，上頭還印著一隻瞪大雙眼的唐老鴨，瞎子也能看得出來，那叫做情侶裝。

只有對的人，才有對的肩膀可以依靠。

意興闌珊的，我聽到自己的鞋跟在磨石子地板上蹭出疲軟無力的聲音，一步一步往樓上踱。怎麼忽然就開學了呀？我整個暑假幾乎每天都在流汗，辛辛苦苦那麼久，沒過上幾天好日子，假期居然就這樣結束了，而所謂的正常與常規的日子居然又開始了。

「不好意思，請問……」班代在講台上面，賣力說明本學期要買的課本價位，說完後，一張簽名表傳了下來，想買的人就得在上頭登記。前面的人寫上姓名後，轉頭看向我時，臉上帶著疑惑。

「問什麼？」我以手支頤，無精打采地回他。

「妳是來旁聽的嗎？」

「李大東，睜開你的狗眼看清楚。」我沒好氣地說：「連我都認不出來，我們前兩年是很不熟嗎？」

那個叫李大東的白癡愣了一下，但他沒有因為被我罵了兩句而生氣，反而驚駭得大叫起來，簡直就跟見鬼了一樣。那一聲足以驚動教室裡忙著到處敘舊的許多同學，人人莫不投射過來訝異的眼光，他們怎麼也不敢相信，上個學期末還胖嘟嘟的周阿胖，這學期已經脫胎換骨，徹底變成另一個人。

我實在有點懶得跟他們說明原委，但每個人都湊了上來，有些男生用不一樣的眼光看我，而比較要好的女生們則好奇不已，想知道我是不是做了什麼驚人之舉，居然還有人以為我去抽脂了。

「麻煩妳幫我解釋一下好了。」來不及適應自己居然有一天會成為話題的中心，被全班同學團團包圍的處境，我被那些人搞得煩亂不堪，趁著空隙，看到剛剛走進教室，滿面春風的豬豬，我一把將她扯過來，叫她替我回答。

「我也正想跟妳說，昨天我學弟那件事……」

「那件事我們晚點再談，現在妳先幫我擋一擋。」把她龐大的身軀往椅子上一按，這個重要的發言機會就拜託了，我對她說著，自己則抄起手機跟皮包，趕在老師進來前，從後門溜了出去。

「有什麼好煩的？妳應該高興才對吧？」在餐廳裡，聽我述說剛剛教室裡發生的事，高嘉郞說：「大學生活剛過一半，後半段才正要開始，妳已經擁有全新的面貌，更要好好把握機會才對呀。」

「但你不覺得很諷刺嗎？我是胖子的時候，全世界誰也懶得朝我多看一眼，那時候我反而開心得很，日子過得非常愜意，想吃什麼就吃，睏了也隨時能睡，沒人要理我，我也不需要去理會別人；但現在呢？我光是走進教室，一堆人就跟看到鬼一樣，在那裡大呼小叫。我們班那個李大東呀，簡直跟發情的公狗沒有差別，他剛剛居然還問我晚上有沒有空，媽的，以前他怎麼從來沒想過要約我？」

「別把所有人都想得那麼壞，說不定他暗戀妳很久了，只是可能他的機車比較小，載不動以前的妳？」

「這種說法會讓人比較開心嗎？」我瞪他一眼，「還有呀，昨天你都不知道，那個小開居然甩了我耶！他在告白的同時跟我說分手，你說這到底是什麼意思？讓別人體會那種忽然上了天堂，轉瞬間又掉進地獄的感覺，他難道覺得很有趣嗎？如果我從頭到尾都是胖子，他正眼也不瞧我一眼就算了，何必要等我瘦下來後才這樣耍我一回？所以呀，在我看來，當胖子一點也沒有不好，反而是變瘦了以後麻煩才更多。」

「人有沒有煩惱，跟這個人是胖是瘦並沒有直接關聯吧？」高嘉郎笑了出來，他說：「就跟追求愛情一樣呀，妳喜歡一個人的時候，也不會因為自己是胖或瘦，就有告白與否的顧慮吧？甚至，妳胖的時候還比較勇敢，也比較直接呢。」

「那倒是。」我嘆氣，當年還是周阿胖的時候，雖然沒有開口告白，但我對晉佑的情感其實人盡皆知，反而是後來對小開，我顯得保守許多。

「說到這個，我們該切入正題了。」高嘉郎說今天就算我沒打給他，他也非得來找我談談不可。

「正題？」

「妳該不會自己哭完，就完全忘了昨天發生的事吧？」高嘉郎說：「今天一整天，星爺的電話都沒人接，我忍不住擔心，就怕他已經變成台中港的消波塊了。」

「不會吧？」我瞪眼。昨天在學生餐廳門口，我跟星爺都被那一聲尖叫給震懾住了，那必定是星爺的女友無誤，不只是因為他們穿著情侶裝，而且女生轉身往人群跑開時，星爺也一把把我推倒，自己追了上去。

「他沒把女朋友追回來嗎？」

「沒有。」高嘉郎搖頭，說昨晚接到星爺的電話，哭喪著拜託他去跟那位「星女郎」解釋解釋，澄清這個誤會，而高嘉郎也慨然應允。他說：「這誤會是因為我拜託他去找妳，所以才會發生，因此我肯定脫不了干係。至於妳，妳根本就是當事人，所以更不可能置身事外。怎麼樣，要不要跟我一起去幫星爺洗脫罪名？」

那有什麼問題呢？其實我昨天摸摸撞得很痛的屁股，從地上爬起來後，自己也覺得很不好意思，感覺好像闖了一個大禍似的，可是那當下又不曉得該怎麼辦才好，而且當時心煩意亂，也顧不得那許多。

現在想想，星爺單身好幾年，好不容易才交了女朋友，雖然不清楚他們的感情狀況如何，但倘若因為我的任性胡鬧，害得他們分手翻臉，那可罪大莫及。沒有猶豫，我立刻點頭，準備起身找對方解釋。

「別急，先等他們冷戰完。」高嘉郎揮揮手，要我繼續坐好，他說：「星爺他女朋友個性不太好，這彆扭只怕要鬧上幾天。等她先冷靜下來，願意接星爺電話之後，咱們再去就好。」

「會不會出什麼事？」我擔心著。

「無所謂呀，萬一真的分手了，妳就去填補星爺的空虛，來個假戲真做，直接去當他女朋友。反正妳現在瘦了，從一支棉花糖變成一根巧克力棒，絕對配得上他。」高嘉郎笑著聳肩。

「你還有心情開玩笑呀？」我瞪他，「我擔心的是那個女孩子會不會想不開啦！」

「放心吧，星爺會看著她的，同居在一起的兩個人，冷戰也不過就只是彼此不講話而已，星爺還是會跟一條哈巴狗一樣，牢牢跟在她身邊的。」

「同居？」我很詫異，以前沒聽星爺說過這件事。

「一從宿舍搬出來，他們就直接同居了呀。總之呢，咱們先按兵不動，等到適當的時機，該我們露臉時，妳乖乖配合演出就好，我自然有辦法可以處理這件事的。」說著，高嘉郞忽然嘆了口氣，看看我，又轉回原本的話題，說：「只是我沒想到，妳居然又失戀了。」

「你說，這世上有真正屬於我的愛情嗎？」

「怎麼會沒有？當然有呀，就跟每一隻河馬都有一片屬於牠要守護的水域一樣，妳一定也有真正屬於妳的愛情。」

「無論胖瘦嗎？在哪裡？」

「無論胖瘦，在這裡。」他居然指指自己。

「省省吧你，高姊姊。」我白他一眼。

就算河馬真的會守護牠的水域，但也得先有水域才行。

35

本來以為星爺跟他女友和談的日子應該很快就會到來，但等了一星期都沒有下文，而高嘉郞每次都要我稍安勿躁。罪過罪過哪，我心裡想著。自己失戀就已經很倒楣了，如果還連累別人遭受無妄之災，那就更加罪不可赦了。

「醜死了，這件不行。」一邊懷著愧疚感，我換好衣服後，走出試衣間來，高嘉郞只瞄了一眼就說：「剛剛就跟妳講過了，這件有夠難看，妳還非試穿不可。」

莫可奈何，我只好回頭又進去換換衣服。隔著木板門，我問他星爺那邊難道都沒有進展嗎？而高嘉郞告訴我，那兩個人本來就是這樣，互有好感好幾年，但誰也不肯先告白，最後總算在一起了，偏偏兩個人個性都很硬，不只星女郎需要時間，連星爺自己也是。

「妳試試看這個。」說話時，他不曉得從哪裡挑來一件衣服，從木門上方遞了進來。

「這很像童裝耶！」我攤開來看，粉紅色上衣的正中央居然印著一隻米老鼠，「你不覺得我應該改走淑女路線了嗎？」

「淑女風格只會悶死妳，還是這種隨興一點的比較好。」他在外面說。

想想也對，之前為了迎合小開的口味，我特別買了好幾件洋裝，結果每次穿出去都得套上一條安全褲，憋都憋死我了。與其假惺惺地偽裝淑女，自然隨興的裝扮更貼合我的個性。

減肥成功之後，所有衣服都不能穿了，不只原本的上衣跟褲子太大件，連內衣內褲也是一樣，為此，我已經花了好大一筆錢重新添購，而九月底以後，天氣開始有要轉涼的跡象，早晚溫差也漸大，高嘉郎說這是敗家的好時節，於是我們就又出現在逢甲夜市。

「對了，妳還有過去藥妝店嗎？」他在外頭又問。

「偶爾會去買點東西呀，怎麼了？」

「那妳遇到那個小開了嗎？」

「會呀，遇到就打打招呼嘛。」換好衣服後，我走了出來，在高嘉郎面前轉了一圈，他點了點頭。

「妳有沒有覺得，這個反差好像有點大？」他說：「大二下學期之後，妳完全不想再跟小主或鬍子男有任何接觸，甚至連熱音社也不去了，簡直就像拿起立可帶，把那段過去全都塗白了一樣，可是後來妳對小開卻沒有這樣耶！他們都一樣甩了妳，怎麼得到的報應卻差那麼多？」

「這是一個好問題。」我點點頭，把新衣服換下來，拿著一起去結帳。在排隊時，我對高嘉郎說：「其實我在很久以前就想過這個問題了，打從一開始，不曉得為什麼，在那個小開無法給我很強烈的心動感覺時，我就曾思考過這個問題，而後來呢，特別是被他甩了之後，一直到最近幾天，我稍微檢視了一下自己的心境，勉強找到一個不曉得算不算答案的答案。」

「喔？」

「你覺得，有沒有一種可能，是我根本沒有認真喜歡過他？」夜市人滿為患，當我們走出服飾店，又回到始摩肩擦踵的人潮中，我對他說：「因為不夠愛他，所以一開始無法感到特別動心，就連分開了也沒有特別的痛感。」

「真的不痛嗎？不痛的話妳幹嘛哭？還把星爺害得那麼慘。」

「痛跟哭沒有必然關係吧？」說著，我往他肩膀一擰，他當場嚎叫出來。冷眼看著他齜牙裂嘴的樣子，我說：「看吧，你很痛，但是你沒有哭。所以這表示痛跟哭之間沒有等號。」

「妳可以用文明一點的方法來證明這兩件事沒關係，媽的。」他還不斷搓揉痛處。

「起初我以為，會有不夠動心的感覺，可能是因為當時距離晉佑的事情還不遠，我還沒能真正走出來的關係，但後來被小開甩了，我這才明白，之所以不那麼痛，或許真的是因為不夠愛的緣故。」我想了想，說：「坦白講，在這件事情上，我對小開很有歉意，好像他只是一個我用來減肥的動力而已。」

「沒關係，他把妳甩了，這樣就扯平了。而且，如果妳剛剛的推論屬實的話，那妳還真該慶幸自己被甩了，否則等到真的在一起了，妳才發現自己原來不愛他，那才騎虎難下。」說著，高嘉郎話鋒一轉，問我想不想吃烤雞腿。

「你吃就好，但我想喝隔壁攤子的仙草茶，記得要無糖的。」我點頭，等他點完東西，拿著雞腿攤子的號碼牌跟飲料回來後，我又說：「總之呢，也許正如你所說，被甩了也好，既避免了騎虎難下的局面，我也又可以做自己了。」

已經不曉得來過多少次的逢甲夜市，我們熟門熟路，每次都能滿載而歸，也都能盡情享樂購物，但今天不曉得為什麼，一邊走著，我總感覺呼吸不太順暢，起初還以為是在試衣間裡挑錯了幾件太緊身的衣服，把自己繃得有點不舒服，可是當我喝下冰涼的仙草茶後，那種胸臆間的壓迫感反而又更加重了些。

「妳怎麼看起來臉有點綠？」高嘉郎也察覺到了。

「我也不知道。」呼吸不太順，頭暈目眩的，我停下虛浮的腳步，正想把飲料交給他，卻因為手腕太抖，杯子沒握好，當場砸在地上。他嚇了一大跳，急忙把我扶到路邊。

「沒事的，我休息一下就好。」不敢亂動，就怕會連站都站不住。那種感覺來去都很快，我把他的肩膀當成支柱，稍微站了幾分鐘就恢復正常。高嘉郎問我是怎麼一回事，我搖搖頭，說自己也不是很清楚，但大概最近幾次月經不太正常，人也經常頭暈，或者有點心悸跟呼吸不順。

「妳該不會還在節食吧？是不是營養不良？」

「也許吧。」我搖頭，「但問題是我現在就算想吃，也沒有以前的胃口了呀。」

「從明天起，我會準時打電話給妳，再沒胃口也得陪我吃。」

「你這是變相的綁架嗎？」

「別的不談，光是為了星爺的那件事，妳就非得好好活著不可。」他說：「如果妳死了，他就永遠百口莫辯了，對吧？」

「但我不希望自己活著的唯一理由只是因為他。」我苦笑。

「更好的理由都在妳有健康的身體，可以繼續往前走的時候才能真正看得見。」他笑著說。

我活著的理由，藏在本篇小說最後一回的章節裡。

36

更好的活著的理由，都在有健康的身體，可以繼續往前走的時候才能真正看得見？這世上如果有那種「冠冕堂皇的一句屁話」比賽，高嘉郞應該很有機會得獎吧？

聲韻學的老師剛剛在講台上，臉上帶著思古幽情，正與大家分享著古韻的美好。他說在西風東來，古典文化幾乎蕩然無存的今時今日，只希望自己能教出幾個懂得欣賞古文韻律的學生，如果以後有誰可以拿唐韻來寫詩，他泉下有知也會喜極而泣。

我臉上帶著尷尬的微笑，其實不只是我，班上每個人都差不多。要我們鏗鏘有力地讀幾首唐詩還可以，叫大家自己寫？老師，您不如把我們全都當了吧！

鐘聲響起時，老師的美好大夢被打斷，在他走出教室時，我還聽到有人打了幾個大呵欠。距離下一堂課只有短短十分鐘的休息時間，豬豬走了過來，又想與我分享她跟那個學弟的進展，可是我卻沒時間仔細傾聽，匆匆把書本收好，抓起手機就要往外走。

「妳要去上廁所嗎？」她問，一副打算同行的樣子。

「不，我要去挽救別人的愛情。」我說。

自己的兩段戀愛都亂七八糟，還有資格去挽救別人嗎？不對，無論是晉佑也好，或者小開也罷，其實我跟他們都沒真正戀愛過，可惡啊！怎麼會這麼失敗呢？別人可以輕而易舉就得到心目中理想的愛情，而我呢？我費盡千辛萬苦、耗盡了多少心機，結果得到什麼？沒有！什麼都沒有！我像是置身在一個遙遠太空的奇怪星球，這星球上什麼都有，也什麼都是我的，但就是沒有我最想要的愛情！

我一邊趕路一邊在想，自己談不好戀愛，但倒很適合當媒人不是？小主是因為我才跟晉佑在一起的，豬豬能跟她學弟在一起，或多或少我也盡了點鼓勵之意，雖然沒能幫她減肥成功，但好歹她也順利交到男朋友了，那我呢？

我是一個大白癡，好端端的十分鐘休息時間，趴在桌上都可以小憩一下，可是我居然要趕往學生宿舍。說也奇怪，都已經在外頭租屋的兩個人，要談分手或解釋誤會，卻還選在學校宿舍外面？

一邊想著，我急忙趕了過去。宿舍門口是一條還算平坦，大約幾米寬的馬路，而路的另一邊則有樹林跟涼亭，大老遠的，我就看到星爺跟他女友，還有高嘉郎都在那裡。

「不好意思，文學院有點遠。」我氣喘不已。

那場面有點乾，星爺跟高嘉郎不斷賠笑，女孩則依舊滿臉不悅，幾乎連頭都不朝我轉過來半分。

「那天是我太失態了，真的很抱歉。」既然要解釋誤會，姿態當然得放低一點，我客客氣氣地說：「都怪我不好，因為跟小高還有星爺都認識好久了，以前常常這樣打來打去，也沒有好好顧慮男女之間應該保持的距離，這壞習慣一直改不了，那天才會導致您的誤會，這都是我的錯，真的很對不起。但請相信，我跟星爺之間真的沒有任何朋友之外的瓜葛，我們只是哥兒們一樣的關係。」

或許這幾句話有點打動她了，也可能是因為我的態度夠坦然，女孩轉過頭來，看了我一眼，但眼神裡還有些不放心。

「這種事以前沒發生過，我可以保證，也絕對不會再有下一次。」信誓旦旦的，我又再三解釋，「老實講，那天我原本是要找小高的，因為小高一直都很照顧我。當時我遇到了一些不愉快的事，我被一個喜歡的男生給甩了，心情很不好，想找小高談一談，可是他人在資研社的攤位上，被社長跟指導老師給絆住了，所以才託星爺過來看看，事情就是這樣子而已。」

「你們到底是什麼關係？憑什麼他們都要照顧妳？」女孩開口，她看看星爺，看看我，又看看高嘉郎。

「就跟妳說過了嘛，我們是老朋友了呀，阿胖以前還住女生宿舍的時候，我們大家就都已經認識了。妳別看她現在這樣瘦瘦的，幾個月前，她還是個超級胖妹，粗魯得沒人要的那種死胖子，我們是看她很可憐，所以才對她比較好啦。」星爺苦口婆心地說：「親愛的老婆大人，請妳相信我好嗎？」

我以前是個粗魯得沒人要的死胖子？所以你們看我可憐才對我好？我不敢露出深藏眼裡的殺氣，心裡卻偷偷罵了幾百句髒話，你媽的星爺，為了自己的馬子，居然把我講得這麼不堪，什麼江湖道義都不顧了是嗎？等這件事一完結，你看老娘怎麼收拾你。

「你跟他們是好朋友，那他們兩個之間呢？也是嗎？」她看著我跟高嘉郎，冷笑一聲，口氣傲慢地說：「早知道胖子這麼得人疼，那我就吃胖點了嘛。」

如果三個人可以是好朋友，那兩個人當然也是呀，這是什麼蠢問題？我在心裡想著。為了證明自己是個純樸而善良的好人，今天我特別選了一套看來非常樸素的衣服，頭髮也沒梳齊，甚至還戴著粗框大眼鏡，就是想讓自己看起來比不上眼前這位星女郎。而此時我該說的都說完了，對方卻還不副不肯罷休的樣子，轉頭瞧瞧高嘉郎，這傢伙，他不是說自有辦法的嗎？為什麼我已經講那麼多話了，他卻連屁也不放一個？

「阿胖剛剛說的都是真的，她那天本來是想找我的，只是我走不開，所以才託星爺替我跑一趟。」這王八蛋終於開口了，但重複我說過的台詞有什麼意義呀？我偷瞪他一眼，可是高嘉郎根本沒看見，他正在發揮自己的演技，還拿出手機說：「不信的話，妳可以看看我們的手機，阿胖傳訊息給我，而我打電話給星爺，這都有得查。」

「我現在問的不是誰找誰，我只是不懂，她失戀就失戀，到底關你們什麼事，需要你們這樣捨命陪君子？」女生說。

「是不關星爺的事，他只是無端被我牽連而已。但阿胖的事，我卻不能置身事外。」高嘉郎嘆了口氣，說：「我喜歡阿胖，所以她喜歡誰，我就幫著她去追誰，而她失戀了，我當然也不能袖手旁觀。」

這下，不只是星爺跟他女友目瞪口呆，連我的下巴都差點掉了下來，又是一陣頭暈目眩，我很懷疑自己最近是不是撞邪卡陰，怎麼老是聽到一些令人不敢置信的話。

高嘉郎從涼亭內的石凳上起身，就站在我旁邊，對我說：「那天真的很抱歉，如果我能在第一時間趕到妳身邊，就不會有今天這些誤會發生；又或者說，如果我早點跟妳告白，跟妳在一起，妳也就不會受到那麼多別人帶來的傷害……總之，這一切都是我不好，對不起。」

「我……」我已經不知道自己該說或該想什麼才好了。

「你喜歡她？」星爺還維持著一點理性，只是驚駭之餘，他連講話都破音了。

「一直都很喜歡，真的。就像每隻河馬都會有自己該守護的水域一樣，我就是想要這樣永遠守著她。」說著，高嘉郥在失神的我的臉頰上，輕輕吻了一下。

然後我就昏倒了。

如果這世上有個人能讓我永遠不受傷，我相信那是你，絕無僅有的你。

悠悠醒轉時，我已經不在學生宿舍對面的涼亭中，反而是躺在一張床上。有氣無力，連聲音都相當軟弱，但高嘉鄖知道我要問什麼，他說：「我們在醫院，這是急診室的留觀區，妳一暈倒就被我們送來了。」

我費了點力氣，但只能微微點頭。側眼只見星爺跟他女友都在，兩個人臉上滿是愧疚之意，而高嘉鄖起身走到外面才不過一下子，就有好幾個人湧了上來，包括豬豬在內，全都是我班上的同學。

沒辦法跟他們說太多話，還好這些人也不耽擱太久，我聽著大家帶來的安慰與問候，只能微笑以對。一直等到他們都散去，高嘉鄖才又回到我身邊。

有很多話想問他。我在同學們的簇擁中，想起自己在涼亭裡最後聽到的那句話，也想起臉頰還承受過的一個輕吻，但我得把事情搞清楚才行，只是費勁地開口，我問他的第一句卻是，「現在幾點了？靠夭我的包包還在教室裡……」

高嘉鄖笑著對我說，包包已經拿了，而且還是星爺的女友替我跑腿一趟去取回的。班上的同學一聽到我暈倒，大家連課也不上了，全都跟著跑來，但因為我人還沒醒，所以他們有些人先回去繼續上課，有些則留下來等到剛剛。

「我躺了很久嗎？」先跟星爺他們道謝，我又問高嘉郎。

「不久，頂多兩個小時而已。」高嘉郎鬆了口氣，坐在病床邊的板凳上，「兩個小時足夠醫生做很多事了。他們幫妳量了一堆數據，還抽血去檢查，結果發現妳沒病，只是本來就有點輕微貧血，再加上減肥減過頭，身體負荷不了而已。稍微再躺一下，如果沒事了的話，待會兒就可以回家了。」

「那就好。」我點頭，正想再說點什麼，可是星爺他們卻起身要走了。

「那件事，我……」努力伸出手，我想拉住星爺的女友。而她握著我的掌心，把我的手又放回床上，溫言道：「不好意思，是我太任性了。」看著我，她說：「很抱歉，造成了你們的困擾。」

我微笑目送他們離開，但笑裡其實有一半摻著複雜的心情。你們沒事就好，但你們沒事之後，接下來我的事情才真的大條呢。

「那隻河馬，你過來一下。」勾勾手指，我叫高嘉郎靠近一點，問他有沒有話要說。

「好不容易他們終於肯走了，呼……」他臉上居然是開心的樣子，跟剛剛的溫柔與擔憂截然不同，這傢伙也不管我還暈不暈，居然伸手在我額頭一拍，說：「我都覺得自己已經在放大絕了，沒想到妳比我更狠，居然連現場昏倒這一招都使得出來。」

「我看起來像是在演戲嗎？」瞪他，手指勾在他領口，把他拖近一點，我說：「不用腦袋，我起碼可以想像一千種人類告白的正常方式，而你居然選了最爛的一種。」

「很爛嗎？」

「爛斃了。」把他放開，我嘆口氣，看著高嘉郎，我又問：「所以你在涼亭裡說的那些是真的嗎？還是說，你只是為了演齣好戲給他們兩個看？」

「妳希望是真的嗎？」不回答，他卻反問。

「但是高姊姊，你別忘了自己以前說過，你喜歡男人。」

「那是因為妳以前一點也不像女人呀。」他笑著說。

⊛

秋天在還不像秋天的時候，很快地就過去了，當我捧著一疊老師在課堂上推薦閱讀的書籍走出書店，拉好薄外套的衣領，坐在高嘉郎的機車後座時，他問我接下來想去哪裡。

「還能去哪裡，也不看看現在幾點了，明天還要上課耶！」我說。

「不過才晚上九點半嘛，不然我們去吃消夜？」

「休想。」我拍了拍他的安全帽。

從那天被醫生囑咐過，非得乖乖吃飯不可後，高嘉郥就跟發了瘋一樣，每到用餐時間，我的手機必定會準時響起，就算跟他說我沒空，那傢伙也會提著食物跑來找人，再不就是等在學生餐廳外面。我的三餐被嚴格控管，每天早上還得乖乖吞一顆綜合維他命。

我們不再談愛不愛的問題，可能怕尷尬吧，好像講了就會連朋友都做不成似的。但我覺得這樣或許也好，高嘉郥就是高嘉郥，他並不以「男朋友」的身分存在於我的世界，但他做的每件事，卻又根本不是一般朋友所會做的，有時我想刺探一下他真正的想法，這傢伙就會擺出一副女人樣對我說：「別吵，姊姊在忙。」

「這樣子可以嗎？」從外頭回來後，繼上次的球鞋，當他把我發霉的雪靴也清理乾淨，遞到我眼前時，我問他難道不覺得窩囊嗎？一個大男人，居然蹲在門口幫一個女人刷鞋子？

「當初就說了，不當宿網維修管理員、搬出學生宿舍，就是想要體驗不同的人生，而這不就是了嗎？」他聳肩說：「妳如果需要的話，內褲脫下來，待會姊姊這邊忙完後也可以順便幫妳洗喔。」

「真是夠了！」我把鞋子丟過去，而他則哈哈大笑。

是呀，我們沒有說要不要當彼此的男女朋友，但就在那些尋常的生活中，我忽然發現，高嘉郎老早是不可或缺的存在，他有比男朋友更重要的實際功能與意義。大多時候，無須言語，他就能知道我心裡在想什麼。就像今天傍晚，我們一起吃飯，一盤餃子送到面前，而我才開始要東張西望時，他已經從隔壁桌替我拿來一罐辣椒，還附帶兩張餐巾紙；又或者當我在飲料攤子前躊躇時，他已經能根據我最近喜歡的口味，以及身體的實際需要，替我跟店員要了一杯微糖少冰的梅子綠茶，梅子是增添口感，而微糖跟少冰則是我的身體如此需要。不用多，不必太困難的事，一切剛剛好就好，他就是一個這樣的存在。

好幾次我都很想開口問他，願不願意跟我在一起？在前兩年歷經了那麼多事情後，不知怎地，當我每每回想起來，只能記得他在我臉上的一個親吻時，我忽然也就懂了，這世上確實有一種人，他不會太在意另一半的身材是胖或瘦，甚至也不計較自己喜歡的人是不是喜歡別人，他只想為對方付出，只想對那個人好。

我以前從來沒有把高嘉郎當成可以考慮的對象，總覺得他就是一個重要的朋友，但不知不覺間，他不但落地生根，而且早已理所當然地住了下來。

高嘉郎，你的大學生活就快結束了，這四年來，你難道不想交個女朋友嗎？電腦或許不會騙你，但人類也未必都那麼不靠譜，你只要睜大眼睛，就會看到很多好人，比如我就是嘛。

我很想跟他說，其實我已經準備好了耶，你還不開口嗎？所謂名不正則言不順，咱們是不是到了該正名的時候呢？算起來我的手腳也算是勤快的，以前你不都說我是小主的專屬丫鬟嗎？那些家事我也可以自己做，只是因為你喜歡，所以我才讓給你的呀。

我摸摸自己的肚皮，懷疑最近是不是復胖了？這樣能算是幸福肥嗎？我覺得自己是幸福的，但問題是我沒有男朋友呀，這也很弔詭吧？從一個還不是自己男朋友的對象身上，居然也能感受到幸福？這是什麼邏輯？

我想跟他把話挑明了說，但這一點我做不到。很奇怪，對別人也許可以，但對象如果是高嘉郥就不行，我猜那也許跟我們認識已經太久，對彼此早已太熟有關，又或者，我怕自己如果冒冒失失的，卻又一次落到跟小開那回相同的下場，我可能會哭到死，而且失去高嘉郥，屆時就連一個哭泣的肩膀都借不到了。

夜漸漸深了，高嘉郥已經回去有一段時間，也從臉書上傳來訊息，告訴我他平安到家。那是我們後來養成的默契，我習慣了當他一離開後，就乖乖坐在電腦前面等消息，再也不像以前那樣，任憑全世界在網路上找我，一概置之不理。

他說今晚要早點睡，因為明天一早有快遞要來，又說他自己電腦方面的問題都通，就是不會買網拍，現在好不容易學會了，當下就訂了一份禮物要給我，還說他跟賣家聯繫過了，明天早上會快遞送到，一接到東西，會立刻給我送過來。

「你又想搞什麼鬼？我明天中午之前還要去學校交作業給助教耶。」懶得敲打鍵盤，我直接撥電話給他。

「中午前一定沒問題啦，倒是妳說話客氣點，我能搞什麼鬼？我可是那個買東西給妳還付了錢的人耶。」

「到底買了什麼？」

「一百九十九朵玫瑰。」他得意地說：「想不到吧？我居然能在購物網站買到這個。」

其實我壓根不信，高嘉郿就算不全然是個絲毫不懂浪漫的宅男，我也不相信他會在網路上訂購一百九十九朵玫瑰送人。但想問得仔細點，他又不肯講，還急著跟我說晚安。

我在床上翻來覆去，滿腦子想的都是高嘉郿說的，他說明天早上沒課，那份禮物會隨著早餐一起送來，還說這份禮物是他精挑細選的，非得要親眼看看我拆封禮物時的表情。

他送的應該不會是一顆炸彈吧？但那會連他一起被炸死！那麼，應該也不會是食物或衣服吧？收到這種太過日常的東西，我也不會有特別的興奮或感動。那他到底要送什麼呢？

煎熬了一整晚，我也胡思亂想了一整夜，好不容易捱到天亮，也捱到手機響，最後再捱過那份他帶來的、在我來說是索然無味，根本可有可無，他卻逼著我非得吞下不可的蔬菜三明治後，我望著他擱在腳邊，長寬高都不到一公尺的中型紙箱，問他：「照我看來，那個箱子應該裝不下一百九十九朵玫瑰吧？你現在可以讓真相大白了嗎？」

「在拆開之前，我想跟妳說幾句話。」

「哇靠，又來了。」我沒好氣地問他，是不是有什麼冠冕堂皇的大道理要說。

「周阿胖，妳喜不喜歡我？」

「什麼？」我剛嚥下去的三明治差點被吐了出來。

他的表情很認真，完全不帶玩笑意味，逼得我也得專注以對，可是我能怎麼說呢？跟他對看了半天，有幾次差點笑場，但我還是按耐住笑意，深深地呼了一口長氣，說：「好，我承認我喜歡你。」

「喜歡很久了嗎？」

「這個我不清楚，但總之不是一天兩天，而且比起以前對晉佑或小開，我相信自己其實是很認真地在喜歡你，沒有一點要跟你鬧鬧的意思。」我點頭。

「但妳現在的眼神就像在搗蛋。」他語帶不信。

「媽的高嘉郡你別欺人太甚喔。」我快笑場了。

「周阿胖，這次我是認真地告訴妳，我喜歡妳。」不理會我的笑場，他嚴肅地說：「我很努力說服自己，告訴自己不要只相信電腦，偶爾也得相信一下別人。而我想了又想，如果這世上有人值得我把自己的心交出來，也許妳就是唯一的那一個。」

「好，我收下。」於是我只好點頭。

「我喜歡妳，是因為妳一直很勇敢，敢去追求自己所喜歡的一切。雖然偶爾這一點反而會成為我到底還要不要告白的阻礙，就跟之前一樣；另外我也在想，妳以前喜歡別人，都會放膽去追，但現在妳對我不動聲色，我都忍不住疑惑，是不是自己在一廂情願。

「但後來我轉頭想想，似乎也不太對，我關心妳的程度不像一般朋友，妳跟我也早就友達以上，差一步就要戀人全滿了，我猜妳只是近情情怯，才遲遲沒有動作，對吧？」

「是的。」這我不反對，事實上，他幾乎都說中了。

「我喜歡妳，從來都與妳的身材無關，老實講，只要不影響健康，妳要多胖都可以，因為人的胖法跟死法一樣，有分好看跟不好看的，妳還記得這句話吧？」

「是的。」我又點頭，這句確實是他跟我說過的。

「我的大學生活就剩這一年不到的時間，我的課業成績不差，社團也玩得很開心，我還被譽為有史以來最專業的宿網維修管理員，但我不因此而滿足，因為我缺了戀愛經驗。」他說：「上次就差一點點，如果妳不昏倒，也許我們現在已經在一起了，也不會讓剛熱起來的引擎就冷掉。」

「關我屁事呀！」這樣講可就有失公平了，我不由得要抗議，你缺戀愛經驗是你家的事，但我也不是故意要暈倒的，況且當我醒來後，你也不肯跟我坦承自己在涼亭的那句話到底是真或假，憑什麼說我們之所以浪費很多時間，好像都是我的錯一樣呢？

「沒關係，這些都可以撇開不談，現在我只問妳一句話，」他指著地上的箱子說：「玫瑰就在裡面，如果妳願意跟我交往，那現在就可以直接打開它。妳願意嗎？」

我打開的是一只盛滿真心的箱子，裡面寫滿你的名字。

尾聲

我後來學到一個挺重要的道理，就是千萬別跟那些過於理性的人，特別是整天沉溺在電腦程式或數字裡頭的人糾纏過多無謂的浪漫問題，他們天生就沒有那樣的基因，跟他們扯再多也是白搭。

對那些人來說，這世上的一切大概就是〇或一，沒有中間值，要不要在一起，也只能在點頭跟搖頭兩種選項間擇一，他們無法忍受長時間的曖昧。在我心有所屬的時候，高嘉郎就是個〇，他把心思全都放在該怎麼支持我去追求幸福的事情上，而當一切外在的紛擾都平息後，他就自動切換到一。在一的狀態裡，我跟他之間無法朦朧，沒有似是而非的灰色地帶，他忍著忍著，終究還是很快就想得到一個確切的答案。

而我凝望著他的雙眼，心裡只覺得有種前所未有的光亮感。愛情呀，愛情，原來你在這裡呀，你怎麼躲了這麼久呢？知不知道，我曾經花費多少時間尋覓你？你不在很遠的天邊，也不在很隱密的角落裡，你就在這兒，只是一直不讓我發現。為什麼你要這麼調皮呢？知不知道女人的青春非常可貴，我們可是禁不起絲毫的浪費呀！

我望著高嘉郎，但心裡的這些話卻不是對他而說。這一刻終於水落石出，這一回我沒有費心尋找，你卻自己送上門來，那好，既然你一直都在，以後也就別走開了，好嗎？

「我眼屎沒洗乾淨嗎？妳老盯著我幹什麼？哥很帥，這個我知道，但妳也不需要這麼深情款款地一直望著我吧？」高嘉郎把我喚回現實。

這時候你怎麼不再自稱高姊姊了？我打趣著問他。而他說高姊姊閃人很久了，然後非常沒情調地問我，可不可以吃掉冰箱裡那一盒他之前送我的巧克力。

「剛剛的草味三明治真的很難吃，我被那老闆給騙了。」他說。

「說到那盒巧克力，你現在願意承認了嗎？」他不提，我還未必想得起來，現在一講，我頓時覺得當初他所謂的告白機會已失，根本就是衝著我來的一句話。

「承認呀，幹嘛不承認？」他倒是坦然得很，拆開盒子，拿出裡面的一張紙片遞給我。上頭只寫了一句話：「當我下輩子的女兒吧，好嗎？」

爛哏，我笑罵著把紙片放下，陪他吃了一顆巧克力，原來甜的不只是嘴裡的感覺。一邊吃的同時，我忍不住問他，如果這算是一種契約的達成，那是不是趁著今天一整天都有空，我們應該再來個「幸福の一日間」一下。

「妳不是中午要去學校交作業嗎？」他斜眼瞄我。

「我平常跟助教也有不錯的交情。」

「想都別想，給我乖乖上學去。」他把手指沾到的巧克力糊到我臉上，笑著說：「中午我陪妳去交作業，交完之後趕快回來。妳這屋子髒成什麼德性了，看樣子有必要讓我再來展現一下『好人的最大值』了。」

「你確定還是『好人』嗎？」我忍不住笑，順便彎下腰去，拆開那個按理說不太可能裝得下玫瑰的紙箱，而果不其然，一打開就讓我傻眼。

「這是玫瑰？」我連嘴裡的巧克力都忘了咀嚼，有點傻眼地問他。

「玫瑰茶包也是玫瑰做成的。」說著，他數了起來，「店家告訴我，這種精緻的健康玫瑰茶飲，一個茶包需要用到兩朵玫瑰，這一箱足足有一百包，換算起來就是整整兩百朵玫瑰在裡面。但妳也知道，我是個說話算話的人，說要永遠對妳好，我就永遠對妳好；說好玫瑰是一九九朵，真的就是一百九十九，所以早上收到快遞後，我就先拆開箱子，拿掉一包了。」

「那再換算下去，應該也只剩一九八。」我糾正他，結果他從自己的包包裡掏出一朵玫瑰花。非常老派的紅玫瑰，他還說那是他一早去市場買的，一朵十二元。

「不管妳要變胖或變瘦，健康永遠是我關心的唯一問題，這玫瑰茶是有機生產，保證不含農藥，而且選自南投本地茶葉，完全無毒。」

「你確定要用這種廣告話術來當告白台詞嗎？」我不可置信地問他。

「不管妳是一支棉花糖也好，或者什麼都不是了也罷，又可能妳哪天控制不住食欲，再鼓成一隻河豚也無所謂，總而言之，我只是想告訴妳，這世上不是沒有童話，問題只是誰來許妳一個實現的機會而已，而現在我想問妳，還相不相信愛情？」

「不信。」我搖頭，接過玫瑰，帶著微笑告訴他，「我只相信你。」

然後他在清晨有陽光透入的窗邊吻我，我嗅到他溫暖的呼吸裡，有與我口中、心裡都一樣的甜。

有一種甜美，只有相戀的兩個人能一起品嚐。

【全文完】

國家圖書館出版品預行編目資料

棉花糖童話／東燁 著. -- 初版. -- 臺北市：商周出版：家庭傳媒城邦分公司發行, 民104. 12
面： 公分. --（網路小說；254）
ISBN 978-986-272-938-0（平裝）
857.7 104026011

棉花糖童話

作　　者／東燁（穹風）
企畫選書人／楊如玉
責任編輯／楊如玉、陳名珉

版　　權／翁靜如
行銷業務／李衍逸、黃崇華
總 編 輯／楊如玉
總 經 理／彭之琬
發 行 人／何飛鵬
法律顧問／台英國際商務法律事務所　羅明通律師
出　　版／商周出版
城邦文化事業股份有限公司
台北市民生東路二段 141 號 9 樓
電話：(02) 25007008　傳真：(02) 25007759
Blog：http://bwp25007008.pixnet.net/blog
E-mail：bwp.service@cite.com.tw
發　　行／英屬蓋曼群島商家庭傳媒股份有限公司城邦分公司
台北市民生東路二段 141 號 2 樓
書虫客服服務專線：(02) 25007718、(02) 25007719
服務時間：週一至週五上午09:30-12:00；下午13:30-17:00
24 小時傳真專線：(02) 25001990、(02) 25001991
劃撥帳號：19863813；戶名：書虫股份有限公司
讀者服務信箱：service@readingclub.com.tw
城邦讀書花園：www.cite.com.tw
香港發行所／城邦（香港）出版集團有限公司
香港灣仔駱克道193號東超商業中心1樓
E-mail：hkcite@biznetvigator.com
電話：(852)25086231　傳真：(852) 25789337
馬新發行所／城邦（馬新）出版集團【Cité (M) Sdn. Bhd.】
41, Jalan Radin Anum, Bandar Baru Sri Petaling,
57000 Kuala Lumpur, Malaysia.
電話：(603) 90578822　傳真：(603) 90576622
E-mail:cite@cite.com.my

封面設計／黃聖文
排　　版／新鑫電腦排版工作室
印　　刷／高典印刷有限公司
總 經 銷／聯合發行股份有限公司
電話：(02) 29178022　傳真：(02) 29110053
地址：新北市231新店區寶橋路235巷6弄6號2樓

■ 2015年（民104）12月3日初版
Printed in Taiwan
定價220元
城邦讀書花園 www.cite.com.tw

著作權所有，翻印必究 ISBN　978-986-272-938-0

廣　告　回　函
北區郵政管理登記證
台北廣字第000791號
郵資已付，免貼郵票

104台北市民生東路二段141號2樓

英屬蓋曼群島商家庭傳媒股份有限公司　城邦分公司

請沿虛線對摺，謝謝！

書號：BX4254	**書名**：棉花糖童話	**編碼**：

請於此處用膠水黏貼

讀者回函卡

感謝您購買我們出版的書籍！請費心填寫此回函卡，我們將不定期寄上城邦集團最新的出版訊息。

不定期好禮相贈！
立即加入：商周出版
Facebook 粉絲團

姓名：＿＿＿＿＿＿＿＿＿＿＿＿ 性別：□男 □女

生日：西元＿＿＿＿＿年＿＿＿＿＿月＿＿＿＿＿日

地址：＿＿＿＿＿＿＿＿＿＿＿＿＿＿＿＿

聯絡電話：＿＿＿＿＿＿＿＿ 傳真：＿＿＿＿＿＿＿＿

E-mail ：

學歷：□ 1. 小學 □ 2. 國中 □ 3. 高中 □ 4. 大學 □ 5. 研究所以上

職業：□ 1. 學生 □ 2. 軍公教 □ 3. 服務 □ 4. 金融 □ 5. 製造 □ 6. 資訊
□ 7. 傳播 □ 8. 自由業 □ 9. 農漁牧 □ 10. 家管 □ 11. 退休
□ 12. 其他＿＿＿＿＿＿＿＿＿＿

您從何種方式得知本書消息？

□ 1. 書店 □ 2. 網路 □ 3. 報紙 □ 4. 雜誌 □ 5. 廣播 □ 6. 電視
□ 7. 親友推薦 □ 8. 其他＿＿＿＿＿＿＿＿

您通常以何種方式購書？

□ 1. 書店 □ 2. 網路 □ 3. 傳真訂購 □ 4. 郵局劃撥 □ 5. 其他＿＿＿

您喜歡閱讀那些類別的書籍？

□ 1. 財經商業 □ 2. 自然科學 □ 3. 歷史 □ 4. 法律 □ 5. 文學
□ 6. 休閒旅遊 □ 7. 小說 □ 8. 人物傳記 □ 9. 生活、勵志 □ 10. 其他

對我們的建議：＿＿＿＿＿＿＿＿＿＿＿＿＿＿＿＿

＿＿＿＿＿＿＿＿＿＿＿＿＿＿＿＿

＿＿＿＿＿＿＿＿＿＿＿＿＿＿＿＿

【為提供訂購、行銷、客戶管理或其他合於營業登記項目或章程所定業務之目的，城邦出版人集團（即英屬蓋曼群島商家庭傳媒（股）公司城邦分公司、城邦文化事業（股）公司），於本集團之營運期間及地區內，將以電郵、傳真、電話、簡訊、郵寄或其他公告方式利用您提供之資料（資料類別：C001、C002、C003、C011 等）。利用對象除本集團外，亦可能包括相關服務的協力機構。如您有依個資法第三條或其他需服務之處，得致電本公司客服中心電話 02-25007718 請求協助。相關資料如為非必要項目，不提供亦不影響您的權益。】

1.C001 辨識個人者：如消費者之姓名、地址、電話、電子郵件等資訊。
2.C002 辨識財務者：如信用卡或轉帳帳戶資訊。
3.C003 政府資料中之辨識者：如身分證字號或護照號碼（外國人）。
4.C011 個人描述：如性別、國籍、出生年月日。